Das Kind in der Speicherstadt

Katrin McClean

Das Kind in der Speicherstadt

Ein Ellert & Richter Krimi

1

Veronika Dorn schloss ihr Fahrrad an, richtete sich auf und musterte das Gebäude, das sie gleich betreten sollte. Ein Blockbau aus roten Klinkersteinen, wie sie für fast alle Nachkriegsbauten in Hamburg verwendet worden waren. Die Fenster reihten sich quadratisch und in immergleichen Abständen aneinander.

Sieht ja wie ein Knast aus, dachte Veronika. Eine Assoziation, die ihrem momentanen Gefühl entsprang. Schließlich fürchtete sie, in den nächsten Minuten zu etwas verdonnert zu werden, das sie als Eingriff in ihre persönliche Freiheit empfinden würde.

Seit einem Jahr war Veronika Dorn arbeitslos, und nun hatte sie ein Schreiben vom Arbeitsamt bekommen, mit der Bitte um ein persönliches Gespräch. Ein bestimmter Grund war nicht angegeben. Wahrscheinlich war sie gerade in die Statistik der Langzeitarbeitslosen gerutscht und jetzt wollte man ihr einen von diesen Ein-Euro-Jobs aufbrummen.

Sie stieg die Treppe zum „Team akademische Berufe“ hinauf. Hoffentlich fallen mir ein paar gute Argumente ein, um den Sachbearbeiter von seinem Vorschlag abzubringen, dachte sie.

Als sie an der angegebenen Tür klopfte, wurde sie sofort hineingerufen. Hinter einem Schreibtisch saß ein

Mann im kurzärmeligen Hemd, der sie begrüßte, ohne von seinem Computer aufzusehen. Womöglich las er dort ihren Namen ab: „Frau Doooorn."

Er war nicht der Erste, der ihren kurzen Namen genussvoll in die Länge zog.

Veronika las das Namensschildchen, das an der Brusttasche seines Hemdes steckte.

Jetzt sei wenigstens so höflich und sieh mich an, Doberenz, forderte sie ihn in Gedanken auf. Manchmal halfen solche stummen Ansprachen. Bei dem Hemdsärmelmann tat sich nichts. Noch immer starrte er auf seinen Computer, als hätte Veronika sich dort versteckt.

Dann kehren wir das Rollenverhältnis doch einfach mal um, dachte Veronika und tat etwas, das für sie reine Routine war: Sie eröffnete das Gespräch, als wäre es eine therapeutische Sitzung.

Sie sagte: „Bitte", als wäre Herr Doberenz ein Klient. Mit einer gewissen Forderung im Unterton. „Bitte, Herr Doberenz."

Es wirkte. Der Mann nahm seinen Blick vom Bildschirm und sah sie an. Ich bin wohl die Erste, die du heute ansiehst, fragte Veronika ihn in Gedanken und beobachtete lächelnd, wie ihr Gegenüber nervös mit dem rechten Augenlid zuckte.

„Ich habe ein Angebot für Sie", sagte er.

„Das dachte ich mir bereits", erwiderte sie und lächelte weiter. Er konnte ihr jetzt unmöglich einen entwürdigenden Vorschlag machen, ohne dabei rot zu werden.

Doch nun begann dieser Herr Doberenz zu grinsen. „Ich glaube, Sie sind sogar bestens für diesen Job geeignet“, sagte er und schob seine Mundwinkel noch einen weiteren Zentimeter auseinander.
Er sollte sofort damit aufhören. Es gab nur eine Möglichkeit, ihn dazu zu bringen. Selbst grinsen. Veronika machte ihren Job-Vermittler nach, so gut sie konnte. Treffer. Herr Doberenz guckte wieder ernst. Er räusperte sich und sagte: „Ermittlungsassistentin.“
„Ich bin Psychologin“, wies sie ihn zurecht.
„Ja“, bestätigte er. „Mit abgeschlossener Polizeiausbildung.“
„Ja“, sagte sie. Und nicht mehr. Nur ihre innere Stimme raste am Geschehen vorbei und hielt einen stummen Monolog.
Meine Polizeiausbildung ist fast zwanzig Jahre her, und mir ist inzwischen klar, dass ich damals einer pubertären Phantasie gefolgt bin. Aber das erkläre ich dir jetzt nicht, das wird dich sowieso nicht interessieren.
Während sie ihren Vermittler weiter anlächelte, spulte sich ein Kindheitserlebnis in ihrem Bewusstsein ab. Innerhalb ihrer Ausbildung zur Psychologin hatte sie diese Szene in mehreren Therapiesitzungen aufgearbeitet, sodass jetzt wenige Sekunden genügten, um sie präsent zu haben.
Es lag 27 Jahre zurück, dass ihre Mutter ein paar Monate lang mit einem jähzornigen Trottel zusammen gewesen war, der Möbel und Geschirr zerschlug, wenn sie Streit hatten. Die zwölfjährige Veronika war nie

sicher gewesen, wo für diesen Mann die Grenze zwischen Gegenständen und menschlichen Körpern lag. Sie hatte immer das Gefühl, dass seine Schläge eigentlich ihrer Mutter galten und nur mit Mühe auf Stühle und Vasen gelenkt wurden. Die Mutter hatte sie jedes Mal ins Kinderzimmer geschickt. Hinter der Tür verborgen, bettelte und schluchzte Veronika, er möge bitte aufhören. Was er meistens auch tat. Wenige Stunden später heulte er dann vor Reue und versprach, dass er es nie wieder tun würde. Doch je größer seine Versprechungen wurden, desto heftiger wurde sein nächster Wutanfall. Mithilfe einer Therapeutin hatte Veronika später verstanden, dass es die Enttäuschung über sich selbst war, die den Zorn des Mannes bei jeder neuen Entgleisung steigerte. Eines Abends riss er sogar den Kronleuchter von der Decke, ein Erbstück der Großmutter. Funken sprühten, und das Licht flackerte gespenstisch, bevor es ausging.

„Bist du wahnsinnig“, schrie Veronikas Mutter. „Willst du uns umbringen?“

„Dann hol doch die Polizei“, schrie er zurück. Zu Veronikas Verblüffung tat ihre Mutter genau das. Sie hatte den Hörer noch nicht wieder aufgelegt, da war der Mann schon aus der Wohnung verschwunden. Als die Polizisten eintrafen, konnten sie nur noch die Daten des Flüchtigen aufnehmen. Eine der beiden Beamten war eine Frau. Veronikas Mutter entschuldigte sich, dass sie umsonst gekommen waren. Die Polizistin hatte sie nicht nur beruhigt, sie hatte die Mutter sogar dafür gelobt, dass sie die Polizei gerufen hatte. Und dann hatte die Beamtin ihren Kollegen dazu überredet, den Kronleuchter wieder anzubringen, auch wenn das gar nicht seine Aufgabe war. Seitdem hatte Veronikas Berufswunsch festgestanden.

„Was haben Sie denn gegen den Polizeidienst?“, unterbrach Herr Doberenz ihren Gedankenstrom.

„Gar nichts“, antwortete sie. „Die Psychologie liegt mir nur mehr.“

„Soweit ich das beurteilen kann, wird ein Psychologie-Diplom bei einer Mordkommission nicht schaden.“

Sie zuckte zusammen, aber dann kam ihr der Gedanke, dass Doberenz bluffte. „Das heißt doch gar nicht so.“

Doberenz sah in seinen Computer.

„Landeskriminalamt, Spezialeinsätze“, las er vor. „Das ist doch dasselbe, oder?“

Sie begriff. Es ging nicht darum, dass das Arbeitsamt ihr einen Ein-Euro-Job anbieten wollte. Das, worauf Doberenz die ganze Zeit starrte, war ein richtiges Stellenangebot.

Ich geh nicht wieder zur Polizei, sagte sie zu sich, und suchte nach guten Argumenten.

„Ich nehme an, dass mir die entsprechende Berufserfahrung fehlt, um den Personalchef im Landeskriminalamt überzeugen zu können“, wandte sie ein.

Doberenz forschte mit gerunzelter Stirn erneut in ihren Daten und begann plötzlich zu lächeln. „Sie haben zuletzt mit Drogenabhängigen gearbeitet.“

Veronika fragte sich, was daran so erfreulich war.

„Die Suchtberatungsstelle wurde auf einen einzigen Festangestellten reduziert. Und da haben wir uns natürlich für unseren ältesten Kollegen entschieden", erklärte sie ihrem Vermittler. Aber das interessierte den gar nicht. Er legte drei Formblätter aufeinander und reichte sie über den Schreibtisch.

„Ich wette, mein Kollege dort wird Sie gern nehmen. Bei dem, was Sie gemacht haben, wissen Sie ja schon, wie die Kriminellen so ticken."

„Wie kommen Sie denn darauf?"

Herr Doberenz beugte sich vor. „Na, das Meiste passiert doch sowieso im Suff, oder?" Er grinste so vertraulich, als säßen sie miteinander am Stammtisch.

Veronika nahm ihm die Papiere aus der Hand. Sie hatte gar keine Wahl.

2

Zwei Tage später stieg Veronika Dorn auf ihr Fahrrad, um zum Vorstellungsgespräch ins Landeskriminalamt zu fahren. Das LKA befand sich zwar am anderen Ende der Stadt, aber sie kam gar nicht auf die Idee, mit der Bahn zu fahren. Sie fuhr immer Fahrrad. Als langjährige Büroarbeiterin nutzte sie jede Gelegenheit, sich fit zu halten. Ihr Bewegungsdrang und ihre Abneigung gegen schweres Essen waren auch der Grund, warum sie mit neununddreißig noch dieselbe Figur hatte wie mit neunzehn.
So schlank wie sie war, hätte sie jeden Modetrend mitmachen können, aber das interessierte Veronika nicht. Das Wort Shoppingvergnügen hatte keine Bedeutung für sie. In ihrem Kleiderschrank hing eine überschaubare Kollektion von Klassikern, verhältnismäßig teure Sachen, die vor allem einen Vorteil hatten: Sie hielten lange. Die Hose und die Bluse, die sie für das Vorstellungsgespräch gewählt hatte, besaß sie seit zwölf Jahren. So pragmatisch wie mit ihrer Kleidung hielt Veronika es auch mit ihren Haaren. Alle vier Wochen ging sie zum Friseur, und zwar immer zur selben Friseurin, und ließ sich einen Bubikopf schneiden. Geschwungene Spitzen über den Ohren und ein ausgefranster Pony. Normalerweise schminkte sie sich auch nicht. Heute

hatte sie allerdings Make-up und Lippenstift aufgetragen. Es gab ihr ein Gefühl von Schutz, und das würde sie in der nächsten Stunde wohl brauchen.
Schon beim Frühstück hatte sie in Gedanken auf einen unbekannten Personalchef eingeredet. Ich bin komplett ungeeignet, glauben Sie mir.
Allein der Gedanke, dass sie jeden Tag den Stadtteil verlassen sollte, in dem sich seit fünfzehn Jahren der weitaus größte Teil ihres Lebens abspielte, gefiel ihr nicht. Ihr gesamter Alltag fand in Ottensen statt. Die einzigen längeren Unterbrechungen waren ein jährlicher Spanienurlaub und der Besuch bei ihrer Mutter zu Weihnachten. Auch die Drogenberatungsstelle hatte in Ottensen gelegen, nur zehn Radminuten von Veronikas Haustür entfernt. Tausende Male war Veronika wie jetzt über die Pflastersteine der Ottenser Hauptstraße geradelt. Und ebenso oft war sie auf den Bürgersteigen entlanggeschlendert, um im französischen Weinladen, beim italienischen Gemüsehändler und im Biomarkt einzukaufen.
Die Cafés von Ottensen gaben ihrem Single-Dasein ein Zuhause. An einem Tag wie heute würde sie normalerweise an einem der Tische sitzen, die jetzt auf den Gehwegen standen. Mit einer Zeitschrift und einem Kaffee würde sie die pralle Augustsonne genießen, die auf das einstige Arbeiterviertel schien und die Fenster zum Leuchten brachte. Bekannte und Freunde würden vorbeikommen, sich dazusetzen oder zumindest stehen bleiben, um ein paar Worte zu wechseln. Die meisten

Menschen hier strebten an einem solchen Tag nach draußen, einen Balkon oder eine Terrasse besaßen die wenigsten. Wenn eine Wohnung über ein richtiges Bad verfügte, war das schon der Gipfel des Luxus. Die Wohnhäuser vom Anfang des letzten Jahrhunderts waren meist nur dürftig saniert worden. Veronika stieg jeden Morgen über ihre Toilette, um in die Dusche zu kommen. Doch um nichts in der Welt hätte sie Ottensen deshalb verlassen.

Ottenser reden nicht über ihr Bad, hatte eine ehemalige Kollegin einmal zu Veronika gesagt. Das stimmte, traf aber nicht den Kern. Ottensen war sich selbst ein Universum. Wer hier lebt, kann auf den Rest der Welt verzichten, hatte Veronika der Kollegin entgegnet, sogar auf ein Vollbad. Sie jedenfalls kannte keinen anderen Ort, der so wie Ottensen dörfliche Idylle und Weltoffenheit vereinte. Das Völkchen, das hier seine Wahlheimat gefunden hatte, hatte für Veronika etwas Besonderes. Kaum trafen sich zwei Ottenser, erzählten sie sich Witze. Etwas Unsichtbares schien sie zu verbinden. Vielleicht war es die Tatsache, dass viele von ihnen Heimatlose waren und nach einem solchen Ort gesucht hatten. Und es war egal, ob diese Suche in der Türkei, in Argentinien oder in einem hessischen Dorf begonnen hatte, so wie bei Veronika. Sie waren Wahlnachbarn in einer Wahlheimat. Zumindest noch.

Veronika hatte jetzt die Fußgängerzone erreicht, die Shoppingmeile vor dem Altonaer Bahnhof. In den letzten Jahren hatte sich viel verändert. Nach und nach waren die letzten privaten Geschäfte verschwunden, verdrängt von den Filialen globaler Kommerzketten. Selbst das alte Jugendstilbad war abgerissen worden, um Platz für einen weiteren Konsumtempel zu schaffen. Erst vor einer Woche war die letzte Bastion der Ottenser Kulturszene aus der Fußgängerzone verschwunden, der Musikladen Zardoz, in dem man Jazz oder Trip Hop hören und dabei den besten Milchkaffee des Viertels trinken konnte.

So aggressiv die Sieger der Marktwirtschaft auch vom Zentrum des Ottenser Dorfes Besitz ergriffen, sein ureigenes Flair ließ sich nicht so schnell zerstören. Die Punks, die hier seit zehn Jahren in aller Öffentlichkeit vor sich hin alterten, besetzten auch weiterhin die Fußgängerzone, die Musiker aus Osteuropa und Lateinamerika erspielten sich immer noch mit denselben Liedern ihren Notgroschen, und da hinter der Shoppingmeile der Bahnhof lag, liefen hier auch alle die Leute entlang, die sich wie Veronika so gut wie gar nicht für die Klamottenläden links und rechts interessierten. Und an den Cafétischen im Schatten der Akazien sah man jede Menge Individualisten, die ihren eigenen Kleidungsstil pflegten.

Veronika bog nach links, um zum Lessingtunnel zu fahren.

Der Bahndamm, unter dem er hindurchführte, war die Grenzlinie, die Ottensen vom Rest von Hamburg trennte, jenem Teil, in den Veronika nur fuhr, wenn es unbedingt sein musste.

Im Tunnel hupte ein Autofahrer hinter ihr, um ihr zu signalisieren, dass sie seiner Meinung nach nicht auf die Fahrbahn gehörte. Wahrscheinlich so ein hektischer Großstädter, der grad von der Autobahn kommt, dachte Veronika und wehrte sich laut: „Siehst du irgendwo einen Radweg, du Knallkopf?" Sobald sie den Tunnel hinter sich hatte, fuhr sie auf den Bürgersteig, damit die Nervensäge sie endlich überholen konnte.

Bis zur Max-Brauer-Allee hatte sie sich wieder beruhigt. Ab hier musste sie immer geradeaus fahren, den dröhnenden Straßenverkehr um die Ohren, während die Sonne ihre dunklen Haare aufheizte und sich die Abgase allmählich mit dem Schweißfilm auf ihrer Haut vermischten.

Bitte, bitte nehmt mich nicht, dachte sie wieder. Doch dann musste sie über sich selbst lachen. Mit fast vierzig wünschte sie sich so sehr, von einem Personalchef abgelehnt zu werden, wie sie mit fünfundzwanzig um eine Zusage gebangt hatte.

Die Stelle in der Drogenberatung wollte sie damals unbedingt haben. Sie fühlte sich zu Menschen hingezogen, die das sogenannte normale Leben nicht ohne Betäubung aushielten. Allerdings hatte sie bald gelernt, dass die Schwierigkeit ihres Berufes nicht darin bestand, ihre Klienten zu verstehen, viel schwerer war es, sich von ihnen zu distanzieren. Es hatte lange gedauert, bis sie für sich eine Form von Autorität entwickelt hatte, die für sie selbst und damit auch für andere annehmbar geworden war. Wozu hab ich diese ganzen Erfahrungen eigentlich gemacht, wenn ich jetzt wieder von vorn anfangen soll, fragte sie sich, während sie unter der Sternbrücke hindurchrollte. Über ihrem Kopf ratterte eine S-Bahn die Schienen entlang. Rhythmisch schlugen die Räder auf die Gleise, und das Brückengewölbe dröhnte.

Die Ex-Junkies in ihrer Beratungsstelle hatte Veronika oft dazu ermutigt, einen neuen beruflichen Anfang zu suchen. Es gäbe keine bessere Chance, um sich zu bewähren. Warum hatten die eigentlich immer so brav zugehört, fragte sie sich jetzt. Für sie war ein Neuanfang das Letzte, was sie sich wünschte. Allerdings halfen ihr solche Überlegungen auch nicht dabei, Gründe zu finden, die gegen sie sprachen. Sie konnte nicht einfach sagen, dass sie den Job nicht wollte. Damit würde sie ihr Arbeitslosengeld aufs Spiel setzen.

Sie bremste vor einer Ampel, die gerade auf Rot schaltete. Es war die Kreuzung zur Schanzenstraße, vor Veronika erhob sich der Hügel des Schanzenparks. Darauf blinkten die Lichter des neuen Hotels im alten Wasserturm. Vor ein paar Jahren war dieser Turm eine leer stehende Ruine gewesen und damit das beste Wahrzeichen für die Bruchbuden des Viertels. In ihrer Unizeit hatte Veronika hier gewohnt, wie viele Studenten, die den nahe gelegenen Campus besuchten und nur die niedrigen Mieten in der Schanze bezahlen konnten. Ihre Nachbarn waren entweder Kommilitonen oder Großfamilien aus Südosteuropa.

Mittlerweile wimmelte es von internationalen Restaurants in Familienbetrieb und von Agenturen, Büros und Boutiquen, die in der Hand von Mittdreißigern waren. Wenn Veronika die Schanzenstraße hinunterblickte, sah sie Jungunternehmer, die je nach Branche in Anzügen oder Markenjeans über den Bürgersteig eilten, vorbei am besten Musikladen, besten Klamottenladen und besten Falafelladen von Hamburg. Junge Mütter, den Bund ihres Sommerrocks knapp über den Hüftknochen, schoben mit entschlossenen Gesichtern ihren Kinderwagen. Einige von ihnen hielten den Kopf in ständiger Schräglage, um zwischen Kinn und Schulter das Handy festzuhalten.

Wie immer, wenn Veronika hier war, legte sich über die farbenfrohe Gegenwart ein düsteres Bild aus ihrer Erinnerung. Es war genau hier, an dieser Stelle, wo sie vor fast zwanzig Jahren, kurz vor dem Ende ihrer Polizeiausbildung, den Entschluss fasste, die Beamtenlaufbahn niemals anzutreten. Das Geschehen eines einzigen Tages, im Grunde einer einzigen Stunde, hatte diese Entscheidung reifen lassen. Veronika hatte sie getroffen und bis zum heutigen Tag nicht bereut.

Die Ampel schaltete auf Grün. Veronika trat in die Pedale. Jetzt wusste sie, womit sie den Personalchef gegen sich stimmen konnte. Sie würde ihm einfach die Wahrheit erzählen.

3

Sie kam drei Minuten zu spät. Es wäre noch später geworden, wäre sie die letzten fünfzehn Minuten nicht gefahren, als nähme sie an den Cyclassics teil, dem jährlichen Radrennen von Hamburg. Der Schweiß triefte von ihren Schläfen, sie wischte ihn mit einem Papiertaschentuch ab, atmete ein letztes Mal tief durch und klopfte an.

Von drinnen hörte sie Schritte. Die Tür öffnete sich, und Veronika sah einen Mann, der sie überraschte. Unter einem Personalchef der Polizei hatte sie sich einen älteren Beamten vorgestellt, einen Büroarbeiter mit blassem, faltigem Gesicht, Bauchansatz und grauen Schläfen. Stattdessen stand ein Freizeitsportler vor ihr, braun gebrannt und kaum älter als sie, den muskulösen Oberkörper in ein enges, orangefarbenes T-Shirt gezwängt.

Seine dunklen Haare waren bis auf einen Millimeter abrasiert. Er lachte.

„Sind Sie von Altona hierhergerannt, Frau Dorn?"

Sie erklärte ihm, wie sie gekommen war und dass sie die Strecke unterschätzt hatte.

„Dann wollen Sie sich doch sicher erst einmal etwas frisch machen", sagte der Athlet und zeigte ihr den Weg zu den Toiletten.

Verwundert folgte Veronika seinem Fingerzeig. Erst als sie ihr Spiegelbild sah, verstand sie, worüber er sich amüsiert hatte. Sie sah aus, als hätte ein Kleinkind versucht, sie für Halloween zu schminken. Die Wimperntusche war verlaufen und der Lippenstift verschmiert. Vor Peinlichkeit wurde ihr noch im Nachhinein heiß und kalt. Schnell wusch sie die Schmiererei ab und verzichtete darauf, sich neu zu schminken. Als sie das Büro wieder betrat, lächelte der Sportsmann immer noch, und der Mann, der neben ihm an einem Konferenztisch saß, schien das auch alles ganz lustig zu finden. Zumindest hatte er die Winkel seines kleinen Mundes ein wenig nach oben gezogen. Der Mund war das Einzige, was klein an ihm war. Seine kurzen, schmalen Lippen schienen vom Rest des Gesichts geradezu eingedrückt zu werden. Dieses Gesicht war massig, voller Wülste und Fettpolster. Die Augen lagen wie kleine, glänzende Eier in dicke Tränensäcke gebettet. Die Wangen fielen schwer herab, sackten an den Mundwinkeln vorbei und gingen in ein gewaltiges Doppelkinn über. Wie ein Berg saß dieser Mann auf seinem Stuhl und ließ seinen Blick auf Veronika ruhen. Sein Lächeln war wieder verschwunden.
„Kommissar Arning“, stellte ihn der Personalchef vor. „Ihr zukünftiger Abteilungsleiter“, fügte er hinzu, als hätte er Veronika bereits eingestellt.
Sie startete den ersten Gegenangriff. „Ich glaube wirklich nicht, dass ich für diese Stelle geeignet bin.“ Doch sie spürte gleich, dass die Strategie, die bei Doberenz

gewirkt hatte, hier nicht funktionierte. Der Personalchef war viel zu attraktiv. So einem Mann wollte sie normalerweise gefallen. Es widerstrebte ihren natürlichen Instinkten, sich ihm gegenüber aufzuspielen wie eine Gouvernante. Und nun kam ihr der schöne Mensch im Apfelsinenlook auch noch mit einem Beweis von Freundlichkeit entgegen: „Wir haben vom Arbeitsamt bereits erfahren, dass Sie an Ihrer Eignung zweifeln", sagte er und fügte hinzu: „Das nimmt uns eigentlich gerade für Sie ein. Wer an sich zweifelt, ist ja meistens auch bereit zu lernen. Wir haben hier eher Schwierigkeiten mit Kollegen, die immer glauben, sie wüssten schon alles."

Er blickte zu Arning. Der versagte ihm ein zustimmendes Nicken und fuhr fort, Veronika mit seinen Eieraugen zu mustern.

Eigentlich hatte sie sich vorgenommen, von dem Polizeieinsatz im Schanzenviertel zu erzählen, dem einzigen, an dem sie je beteiligt gewesen war.

Es war 1991 gewesen, einen Tag, nachdem die USA den Golfkrieg begonnen hatten. Studenten hatten spontan eine Protestaktion gegen die Bombardierung von Bagdad organisiert. Das Ganze kam völlig unerwartet, und da fast alle Hamburger Polizeikräfte auswärts im Einsatz waren, holte man die letzten Semester der Polizeischule zur Verstärkung in die Schanzenstraße. Auch die Frauen. Zum ersten Mal stand Veronika außerhalb einer Übung in Reih und Glied, das Gesicht hinter dem Plexiglas ihres Helms verborgen, den Schlagstock griffbereit am Koppel. Aber vor ihr liefen keine Randalierer, vor denen man die Bevölkerung schützen musste. Die Demonstranten, die an ihr vorbeiliefen, vertraten mit ihren Transparenten genau das, was sie selbst dachte. Am liebsten hätte sie Helm und Schlagstock weggeworfen, um wie sie ihre Haltung gegen sinnlose Gewalt zu zeigen. Verborgen hinter ihrem Schild und für niemanden hörbar flüsterte sie: Bitte behaltet die Nerven, bitte lasst mich nicht zuschlagen müssen. Ihre Bitten wurden erhört, zumindest war es friedlich geblieben. Und sie hatte sich an diesem Tag etwas eingestanden, das sie in Wirklichkeit schon lange mit sich herumgetragen hatte. Sie wollte gar keine Polizistin sein.

Der Personalchef und der dicke Herr Arning sahen sie abwartend an.

Ich kann jetzt unmöglich die ganze Geschichte erzählen, dachte Veronika und versuchte, die Sache auf den Punkt zu bringen: „Ich habe dem Arbeitsamt schon gesagt, dass ich keine gute Polizistin bin. Als Psychologin bin ich viel besser."

An den Mienen der beiden sah sie, dass diese Erklärung nicht reichte. Sie war ja auch dürftig. Veronika setzte von Neuem an. „Meine Fähigkeiten liegen mehr darin zu verstehen, wie Aggressionen in einem Menschen entstehen können. Ich kann jemandem helfen, seine Wut zu bewältigen. Ich kann mit ihm die Gründe für seinen Zorn erforschen. Aber ich bin nicht gut darin, mich mit jemandem auseinanderzusetzen, der von seiner Wut gerade ganz besessen ist."

Arning und der Personalsportsmann sahen sie unverändert aufmerksam an. Sie versuchte es noch einmal anders: „Es ist doch ganz einfach. Mich interessiert, wie Gewalt entsteht, aber nicht, wie man sie mit Gegengewalt bekämpft. Und das ist ja wohl die Aufgabe der Polizei."

„Als Ermittlungsassistentin sind Sie doch keine gewöhnliche Polizistin", wandte der Personalchef ein und lächelte sie wieder an, diesmal ohne sich nach Arning umzusehen.

Der Dicke hatte sie ohnehin längst durchschaut, das spürte sie. Ihm war klar, dass sie einfach nicht wollte. Aber diese Erkenntnis schien ihm nicht zu genügen. Veronikas Ablehnung musste in seinen Augen etwas Unlogisches haben. Schließlich wurde der Job gut bezahlt. Sie dachte, das Einzige, womit sie noch überzeugen konnte, war wohl, einfach zu sagen, was sie wollte beziehungsweise nicht wollte. So wie sie es in ihrer Therapeuten-Ausbildung gelernt hatte: Direkte Kommunikation spart Zeit und Nerven und verhindert Missverständnisse.

Also sagte sie: „Ich möchte nie wieder mit einer Waffe in der Hand Menschen bedrohen. Menschen, von denen ich noch nicht einmal weiß, aus welchen Gründen sie etwas vermeintlich Kriminelles tun."

Arning gab ein Schnaufen von sich. Wahrscheinlich hatte sie gerade seine Berufsehre angegriffen, dachte Veronika und fügte schnell hinzu: „Ich will nicht bestreiten, dass die Öffentlichkeit manchmal mit Waffengewalt geschützt werden muss. Nur ich persönlich, ich kann das nicht."

Der schöne Personalmensch lenkte ein: „Soweit ich informiert bin, ist für Sie gar keine Dienstwaffe vorgesehen." Er sah zu Arning, und zum ersten Mal rührte sich der Kommissar.

„Nur im äußersten Notfall", antwortete er und beugte sich ein wenig zu Veronika vor. „Zur Selbstverteidigung."

Kam es ihr nur so vor, oder hatten sich seine Mundwinkel eine Sekunde lang in leisem Spott verzogen?

„Was wir brauchen, ist jemand, der die Kollegen auf der psychologischen Ebene der Ermittlungen unterstützt", erklärte der Personalmann. „Sie sind doch Expertin auf dem Gebiet der Gesprächsführung, oder nicht?"

„Ich habe therapeutische Gespräche geführt, keine investigativen."

„Gerade deshalb wissen Sie wahrscheinlich besser als wir, was in einem Täter vorgeht", sagte der Sportler und erinnerte dabei unangenehm an Doberenz. „Sehen Sie, die Verbrechen haben sich in den letzten Jahren geändert. Es gibt völlig neue Fälle. Nehmen Sie die Amokläufer in den Schulen. Der normale Kriminalbeamte steht ratlos davor. Und da haben wir jetzt, wo gerade wieder eine Stelle frei geworden ist, Ihr Profil beim Arbeitsamt gesehen und uns gesagt: Nehmen wir doch mal eine Psychologin ins Team."

So war das also. Nehmen wir doch mal die Veronika Dorn ins Team, als Versuchskaninchen. Die haben das längst beschlossen, stellte sie fest, da kann nicht mal mein verschmiertes Make-up was dran ändern, nicht mal mein Pazifismus.

„Also ein Arbeitsverhältnis auf Probe", vergewisserte sie sich.

„Natürlich", bestätigten Arning und der Personalsportsmann gleichzeitig.

Letzterer schob ihr die Vertragspapiere zu.

„Denken Sie in Ruhe darüber nach."

Mit dem Vertrag in der Tasche schloss sie ihr Fahrrad auf. Bevor sie losfuhr, zog sie die Papiere noch einmal hervor und suchte den Absatz, in dem ihr Gehalt angegeben war. Es war doppelt so viel Geld, wie sie zur Zeit im Monat hatte.

Sie trat in die Pedale. Ich mach das nicht, redete sie beim Fahren auf sich ein, nicht für Geld, nicht für gute Worte. Und wenn sie mir hundert Mal versprechen, ich muss keine Gewalt anwenden. Das ist Quatsch. Polizei bleibt Polizei.

Außerdem ist es viel zu weit, dachte sie, merkte aber, dass dieser Einwand der schwächste von allen war.

Schon zwanzig Minuten später hatte sie das Univiertel erreicht. Beinahe hätte sie einen Studenten angefahren, der zwei volle Kaffeebecher über die Straße balancierte. Die Ampel an der Grindelallee überfuhr sie bei Rot und wurde dafür mit einem wilden Hupkonzert bestraft. Doch so schnell sie auch fuhr, sie entkam dem Gefühl nicht, das sich in ihr ausbreitete. Ein Gefühl, das sie in den letzten Jahren kaum noch verspürt hatte. Es war nicht einmal dieser Athlet in seinem Apfelsinen-T-Shirt, der es geweckt hatte. Viel mehr reizte sie der fettleibige Kommissar, der den Mund kaum aufbekam. Er hatte ihre Neugier geweckt. Sie würde gern wissen, ob sie mit diesem wortkargen Erfahrungskoloss klarkommen würde. Dass alles nur ein Versuch sein sollte, war ihr ganz recht. Die Neugier wuchs von Ampel zu Ampel, und als Veronika am Bahnhof Altona angekommen war, war ihr, als hätte sie während ihrer rasanten Fahrt auch den letzten Funken von Gegenwehr verloren. Sie zog ihr Handy aus der Tasche und rief den Apfelsinenmann an.

Dann ging sie zum Ticketschalter im Bahnhof und kaufte sich eine Monatskarte für die S-Bahn.

4

Die einzige Frau in der Abteilung für Spezialeinsätze war die Sekretärin, eine Dame um die fünfzig mit sehr gepflegten Falten. Bestimmt hat sie den Schriftverkehr der Abteilung genauso unter Kontrolle wie ihr Gesicht, dachte Veronika. Mit einem routinierten Lächeln zeigte Frau Nolte ihr den Weg zum Besprechungsraum, der noch leer war.

Frau Nolte erschien kurz darauf mit einem Tablett, das sie auf dem Tisch abstellte. Die übliche Kaffeekanne mit Tassen und Keksen dazu.

Veronika wollte aufstehen und die Tassen verteilen, aber Frau Nolte hielt sie zurück: „Lassen Sie mal, das können die Kollegen schon selbst."

Sie stöckelte wieder davon in ihrem hellen Sommeranzug.

Eierschalen, dachte Veronika. So hieß die Farbe dieses Anzugs.

Sie hätte sich gewünscht, Frau Nolte würde dableiben und mit ihr plaudern. Solange sie allein in einem fremden Raum saß, konnten alle möglichen Gefühle über Veronika hereinbrechen, all die Negativgespenster, abgelehnt zu werden und unerwünscht zu sein, die sich in ungeklärten Situationen gern über sie hermachten, allen Therapien, die sie durchlaufen hatte, zum Trotz.

Das Einzige, was sie in diesen Therapien gelernt hatte, war, dass sie sich ablenken musste. Sie musste ihre Konzentration auf die Außenwelt richten, auf etwas möglichst Konkretes. Da der Raum ziemlich karg war, versuchte sie es mit einem Blick aus dem Fenster, sah aber nichts weiter als viele andere Fenster des Polizeigebäudes.

Der Grundriss des Gebäudes hatte die Form eines Polizeisterns, was man allerdings nur vom Hubschrauber aus sah. Aber wer saß da schon. Die Beamten, die darin arbeiten mussten, zahlten täglich den Preis für diese originelle Architektur: Sie guckten sich gegenseitig in die Büros. Veronika überlegte, ob dieser Effekt vielleicht beabsichtigt war. Ein Polizeigebäude, in dem praktisch jeder jeden unter Beobachtung hatte.

Ein einziger Kaktus fristete auf der Fensterbank sein Dasein, wahrscheinlich war es für andere Pflanzen zu schattig. Neben dem Fenster stand ein Flipchart mit einem leeren Blatt.

Veronika war froh, als der erste Kollege hereinkam. Er war noch jung, Mitte dreißig etwa, und hatte für sein Alter schon einen ziemlich großen Bauch. Allerdings wirkte auch dieser Bauch noch jung. Er sah etwa so dynamisch wie ein aufgepumpter Fußball aus. Die Lippen des Fußballmannes glänzten, als hätte er gerade erst etwas gegessen, und bei Veronikas Anblick zogen sie sich genießerisch in die Breite.

„Oh, hallo, ein neues Gesicht. Schick, schick“, begrüßte er sie in singendem Ton.

Hemmungen hast du ja nicht gerade, dachte Veronika, erwiderte sein Lächeln und begrüßte ihn: „Guten Morgen."

Der Fußballmann setzte sich neben sie, das war offenbar sein angestammter Platz. Er beugte sich vor, um nach den Keksen zu greifen, dabei sah er zu Veronika und erklärte aufmunternd: „Das darf man jetzt schon."

Sie bedankte sich und lehnte ab. Wie dumm, dachte sie gleich darauf. Hätte sie zugegriffen, hätte sie sich mit ihm über Kekse unterhalten können.

Einen Moment lang war es so still, dass sie nur das Krachen des Gebäcks hörte, mit dem der junge Mann seinen Fußballbauch weiter aufpäppelte.

Doch schon bald betrat der Nächste den Raum, ein Mann in schwarzen, verwaschenen Jeansklamotten. Die Kleidung passte zu seinem langen graumelierten Haar, das er mit einem Gummi zusammenhielt. Das Farbigste an ihm waren die roten Flecken, die sein Gesicht übersäten, er schien eine Allergie zu haben.

„Moin", sagte er und räusperte sich, als hätte er sich gerade versprochen.

Er setzte sich zwei Stühle weiter an das Ende des Besprechungstisches, rutschte mit dem Becken nach vorn, streckte die Beine aus und ließ die Augenlider sinken. Fehlt nur noch, dass er anfängt, Däumchen zu drehen, dachte Veronika. Nur eine Sekunde später legte der Kollege tatsächlich seine Hände ineinander und fing an, seine Daumen kreisen zu lassen.

Im selben Moment hörte sie Stimmen und Schritte aus dem Flur.

„Dem springt die Brutalität doch schon aus den Augen."

„Herbert, und wenn du tausend Mal den Eindruck hast, der Mann sei zu allem fähig, momentan sieht alles wie ein Unfall aus."

Der dritte Kriminalbeamte betrat den Raum halb verdreht. Er trug eine dicke Aktenmappe und hatte den Kopf noch seinem Gesprächspartner zugewandt, während er blind den Stuhl ansteuerte, auf den er sich offenbar jeden Morgen setzte. Es war der Platz, der Veronika genau gegenüberlag.

Erst, als er saß, drehte er sein Gesicht zu Veronika. Es war unrasiert und hätte attraktiv aussehen können, würde dieser Mann nicht regelmäßig trinken. Den Alkoholiker erkannte Veronika sofort. Die violetten Schatten unter den Augen, der fahle Ton der Gesichtshaut, das kannte sie von ihren ehemaligen Klienten.

Zuerst sah er verärgert aus, aber dann kam ein Lächeln in sein Gesicht.

„Ja, hallo. Wen haben wir denn da?", sagte er, als wäre sie ein Kind.

„Ich bin die Neue", versuchte Veronika den launigen Ton aufzunehmen.

„Die Neue. Hat die auch einen Namen?"

Jetzt wirst du überheblich, dachte Veronika, und ging lieber wieder auf Distanz. Sie streckte ihm die Hand entgegen. „Veronika Dorn."

Ein Händedruck war unter Psychologen eine übliche Begüßung, unter Polizisten offenbar nicht. Der Kollege betrachtete ihre Hand so konzentriert, als wollte er ihren Fingerabdruck mit bloßem Auge einscannen, erst dann erwiderte er den Handschlag.

„Rose", sagte er. „Dirk."

„Na, das passt ja prima", rief der junge Mann mit dem Fußballbauch. „Dorn und Rose."

Neben Dirk Rose hatte sich nun auch der vierte Mann auf seinen Platz gesetzt. Veronika hatte ja gerade gehört, dass er Herbert hieß, und sie fand, dass dieser Name ziemlich gut zu jemandem passte, der so einen altmodischen, karierten Anzug trug. Sie fragte sich, ob es verschrobene Eitelkeit war oder nur völlige Gleichgültigkeit, in einem derart antiquierten Anzug auf die Straße zu gehen. Oder hatte dieser Mann einfach nicht mitbekommen, dass sich die Mode im Verlauf der letzten dreißig Jahre geändert hatte? Sie hatte ihn wohl ein bisschen zu lang gemustert, denn der Herr mit dem hageren Gesicht fragte sie mit leicht aggressivem Unterton:

„Wer sind Sie denn?"

Veronika fragte sich, ob Herr Arning seinem Team eigentlich irgendetwas über sie erzählt hatte.

Noch bevor sie antworten konnte, hörte sie die schweren Schritte des Chefs. Im nächsten Moment füllte er den ganzen Türrahmen aus und setzte sich dann, wie Veronika es erwartet hatte, an die Stirnseite des Besprechungstisches, gleich neben das Flipchart.

„Bevor wir anfangen, nur kurz“, sagte er schwer atmend. „Das ist Veronika Dorn. Psychologin und Polizistin. Sie wird ab heute unser Team verstärken.“
Auf ebenso knappe Weise erfuhr Veronika, wer die anderen waren. Der Fußballmann hieß Sven Klawitter und war Ermittlungsassistent wie sie, der Grauhaarige mit den roten Flecken war verantwortlich für die Internetrecherchen und trug den Namen Klaus Brehm. Zu Dirk Rose sagte Arning: „Bei dem Dirk laufen alle Fäden zusammen, er ist praktisch das Herz unserer Ermittlungstätigkeit.“
Das klingt nach Überlastungssyndrom mit Kompensation durch Alkohol, dachte Veronika, befahl ihrer inneren Psychologin aber, sich ab jetzt zurückzuhalten.
Herbert, der mit Nachnamen Müller hieß, kam als Letzter dran. Er quittierte die knappe Vorstellung: „Das ist unser dienstältester Mann im Team“, mit der missmutigen Bemerkung: „Na, vielen Dank auch.“
Ohne sich weiter aufzuhalten, ging Arning zur Besprechung über.

Soweit Veronika verstand, waren sie auf der Suche nach mehreren flüchtigen Gewaltverbrechern, die Einbrüche und Raubüberfälle verübt hatten. Arning und seine Kollegen warfen sich Fallbezeichnungen und Ermittlungsergebnisse in einer Schnelligkeit zu, die es Veronika unmöglich machte, etwas Konkreteres zu verstehen. Sie hätte die dazugehörigen Fallgeschichten kennen müssen.

Erst gegen Ende bekam sie in etwa mit, worum es ging. Da hatte Arning das Wort an Dirk Rose übergeben. Rose trug den Kollegen einen neuen Fall vor. Eine Frau war in ihrer Wohnung tödlich verunglückt, ihr Ehemann hatte als Ursache einen Sturz von der Leiter angegeben. Der Leichenbeschauer war jedoch stutzig geworden, hatte die Polizei informiert und bei der Obduktion waren Verdachtsmomente auf Gewalteinwirkung festgestellt worden.

„Und jetzt haben wir den Fall auf dem Tisch", schloss Dirk Rose.

Veronika beobachtete, dass Herbert Müller sich nur noch mit Mühe zurückhalten konnte.

Kaum war Dirk Rose fertig, erklärte er: „Also für mich steht fest, dass der Ehemann sie umgebracht hat. Zeig doch mal das Foto von dem, Dirk."

Rose zog ein Bild aus seiner Aktenmappe. Alle standen auf und beugten sich über den Tisch, auch Veronika nahm an dieser Gruppenbewegung teil. Dabei hatte sie das Gefühl, den Kollegen, die noch gar nichts über sie wussten, viel zu nahe zu kommen.

Das Foto zeigte einen Fünfzigjährigen mit einem verschlossenen Gesicht.

„Der guckt ja vielleicht beleidigt!", meinte Sven Klawitter.

„Das war er ja auch, als wir ihm den Verdacht mitgeteilt haben", erwiderte Rose.

„Ist doch typisches Täterverhalten", versuchte Müller seine These zu festigen. „Beleidigt sein anstatt betroffen. Damit verrät er sich doch schon. Ich verstehe gar nicht, wieso der noch zu Hause rumsitzt."

„Herbert, er steht ja unter Verdacht", sagte Arning. Es klang müde, aber vielleicht ließ Arnings Körperfülle gar keinen anderen Zustand mehr zu als eine permanente Erschöpfung.

Mit demselben müden Ton verteilte Arning die Aufgaben in dem neuen Fall, Verhöre, Befragungen, Besuche bei den Nachbarn, jeder bekam etwas zugeteilt, nur Veronika kam in Arnings Planung nicht vor, und das schien ihm nicht einmal aufzufallen.

„Noch Fragen", sagte er ohne aufzusehen und schob bereits seine Akten zusammen.

Veronika dachte, dass es besser wäre, in Arnings Büro zu gehen, um ihn in einem persönlichen Gespräch zu fragen, wie er sich ihre Mitarbeit vorgestellt hatte. Doch Sven Klawitter kam ihr zuvor.

„Was soll eigentlich unsere neue Kollegin machen?"

Arning sah überrascht auf, dann musterte er Veronika, als könne sich die Antwort darauf in einem Winkel ihres Gesichts befinden.

„Ich würde sagen, sie läuft erst einmal ein bisschen bei euch mit. Ihren Schreibtisch hat sie bei Klaus im Zimmer."

Dann erhob er sich und verließ den Besprechungsraum.

Die Kollegen lächelten Veronika zu. Dirk Rose sagte: „Wir machen uns dann mal vom Acker. Sie müssen ja erst mal Ihren Schreibtisch einräumen."

Da gab es nichts einzuräumen. Außer dem Schreibblock und ein paar Stiften und Kugelschreibern, die Frau Nolte ihr aushändigte und für die sie unterschreiben musste. Außerdem übergab ihr die Sekretärin eine Mappe, in der sie sich über die Organisationsstruktur des LKA informieren konnte. Das war alles, womit Veronika an ihrem ersten Arbeitstag beschäftigt war.

5

Klaus Brehm begrüßte sie jeden Tag mit einem knappen „Moin“, schaltete den Computer schon ein, bevor er seine Jacke auszog, und kaum, dass er saß, schien er geistig in der endlosen Informationsfülle des Internets zu verschwinden. Obwohl er nur zwei Meter von Veronika entfernt saß, schien er unerreichbar zu sein. Veronika hörte ihn eigentlich nur in den Besprechungen reden, wenn er die Ergebnisse seiner Ermittlungen vorstellte.

Einmal hatte sie ihn nach der Bedeutung eines Fachbegriffs gefragt. Er hatte sie über seinen Computer hinweg mit einem genervten Blick angesehen, sich dann aber doch zu einem Lächeln gezwungen und gesagt: „Magst du's dir bitte googeln?“

Sie fragte sich, ob Klaus Brehm in seinem Leben außerhalb dieses Büros eigentlich irgendetwas tat, was nichts mit Computern zu tun hatte. Sie konnte es sich kaum vorstellen. Sein Äußeres schien ihm keinen Handgriff zu viel wert zu sein. In den letzten drei Wochen hatte er nichts als schwarze Hosen und schwarze T-Shirts getragen. Und seine Haut war vielleicht nur deshalb so blass und voller roter Flecken, weil sie zu wenig frische Luft bekam. Das Einzige, worauf Brehm zu achten schien, war eine gründliche Körperpflege. Er war nie unrasiert, und wenn er

morgens das Büro betrat, brachte er den intensiven Duft eines Männerduschgels herein. Dieser Geruch und der knappe Morgengruß waren alles, was Veronika in den letzten Wochen von ihm mitbekommen hatte.
Insgeheim hegte sie sogar den Verdacht, dass Arning sie mit Absicht zu dem verschlossensten aller Kollegen ins Zimmer gesetzt hatte.
Gleich am zweiten Tag hatte Veronika versucht, Anschluss zu den anderen Kollegen zu finden. Zunächst hatte sie den jungen Sven Klawitter gefragt, ob sie ihn ein paar Tage begleiten könne. Der schien das lustig zu finden.
„Da fühle ich mich zwar geehrt", hatte er lachend geantwortet. „Aber frag mal besser die Kollegen, die mehr Erfahrung haben."
Dirk Rose hatte sich zuerst die Schläfen und dann die Stirn gerieben, und schließlich gesagt: „Ich weiß ja nicht mal, wie ich meinen ganzen Kram auf die Reihe kriegen soll. Das Labor, der Staatsanwalt, Opfer, Anwälte, Angehörige, alle tanzen bei mir an. Und da soll ausgerechnet ich dich auch noch einarbeiten?"
Wenigstens waren die beiden gleich zum Du übergegangen, was Veronika sehr angenehm fand. Nur Herbert Müller wand sich um die Wahl der Anrede.
„Da muss es doch eine Anweisung geben, wer für die Einarbeitung zuständig ist", sagte er. „Ich bin damit jedenfalls nicht beauftragt worden."
Dabei war es offensichtlich, dass Müller im Vergleich zu seinen Kollegen die meiste Zeit gehabt hätte. In den

Dienstbesprechungen konnte Veronika verfolgen, dass Arning ihm auffallend wenige Aufgaben übertrug. Dem alten Herrn schien nicht zu entgehen, wie wenig man ihm noch zutraute. Wahrscheinlich wollte er sich nicht um Veronika kümmern, weil er das Gefühl hatte, dabei endgültig auf dem Abstellgleis zu landen.

Drei Wochen lang hatte Veronika vergeblich versucht, einen Einstieg zu finden. Sie hatte den Personalchef angerufen. Der hatte ihr geraten, sich auf die Verhöre zu konzentrieren. Solange sie hinter der Glasscheibe blieb, hatten die Kollegen nichts dagegen, dass sie zuhörte. Aber eine Vernehmung selbst zu führen oder gar das Profil eines Täters zu analysieren, das überließ ihr niemand. Die wiederholten Bitten, hinter der Glasscheibe zu bleiben, wurden für Veronika zum Sinnbild ihrer Position in dieser Abteilung. Sie wollten sie draußen haben, außerhalb, ganz einfach. Das Experiment lief unweigerlich auf sein Scheitern hinaus. In einer Art letztem Aufbäumungsversuch hatte Veronika Arning gebeten, sie beim nächsten Verhör mit in den Raum zu nehmen.

„Warum?", erkundigte sich der Chef und sah sie mit diesem ruhigen, forschenden Blick an, der sie schon beim Einstellungsgespräch beeindruckt hatte. Er provozierte einen geradezu zur Ehrlichkeit.

„Durch die Glasscheibe kann ich einen Menschen nicht spüren", sagte Veronika. „Ich bin es gewohnt, mit meinem Gefühl zu arbeiten."

Zu ihrer Überraschung nickte Arning und sagte: „Also gut. Wenn Sie sich das unbedingt antun wollen."

6

Die Vernehmung fand an einem Freitagnachmittag statt. Der Befragte war der Schwiegervater der Frau, die angeblich von der Leiter gefallen war. Inzwischen hatten sich die Verdachtsmomente gegen den Ehemann verdichtet, aber es fehlte an beweiskräftigen Zeugenaussagen. Der Vater wohnte im selben Haus, behauptete aber, nichts als den tödlichen Sturz der Frau gehört zu haben. Dabei hatte eine Nachbarin bereits bestätigt, dass es einen lauten Streit gegeben hatte.

Arning stellte nur wenige Fragen und ließ immer wieder quälend lange Pausen entstehen. Veronika hatte das Gefühl, dass der Mann gern etwas gesagt hätte, aber viel zu eingeschüchtert war. Der gewichtige Arning lief in dem kleinen Verhörraum hin und her, als wolle er alle belanglosen und überflüssigen Worte herauswalzen, sodass nichts mehr übrig blieb als die nackte Wahrheit. Der alte Mann schielte ein paar Mal nach ihm, mehr tat sich nicht.

Nach einer zähen halben Stunde, in der etwa fünf Fragen gefallen waren, die der Verhörte alle nicht beantwortet hatte, begann Arning zu reden. Anhand der Beweise hatte er sich ein Bild vom Geschehen gemacht und schilderte dem Verhörten nun, wie die Sache abgelaufen sein musste. Nach seiner Version hatte der Alte, versteckt hinter einer Tür, mitbekommen, wie sein Sohn auf die Frau einschlug, und hatte nicht einmal versucht, ihn davon abzuhalten.

Arning endete mit einem nachdrücklichen: „War es so oder nicht?“

Endlich schluchzte der Befragte auf und jammerte: „Ich dachte doch nicht, dass sie daran stirbt.“

Arning rief zwei Beamte, die den alten Mann fortbrachten.

„So“, machte er. „Dann können wir jetzt ins Wochenende.“

Aber Veronika wollte noch etwas wissen, und sie wollte damit nicht bis Montag warten. Besser ich frage ihn jetzt, bevor ich das ganze Wochenende in Gedanken mit ihm diskutiere, sagte sie sich und sprach ihn an.

„Bitte“, sagte Arning.

Sie sagte langsam und auf jedes Wort bedacht: „Was ich gerade gesehen habe, das war eine perfekte Vorführung von psychologischer Gewalt.“

Der Kommissar schaute sie erschöpft an, aber auch abwartend.

„Was mich wundert, ist: Sie haben zwar ein halbes Geständnis aus ihm herausgeholt, aber Sie hätten doch viel mehr von ihm erfahren können.“

„Wollten Sie mich etwas fragen oder mich belehren?“, erwiderte Arning.

Er hatte recht. Natürlich hatte sie viel zu schnell über ihn geurteilt. „Ich wundere mich nur“, versuchte sie einzulenken, „warum Sie ihm gar nicht geholfen haben, sich zu öffnen."

Arnings wulstiges Gesicht schien für einen Moment ganz still zu stehen. Dann sagte er: „Wissen Sie, Frau Dorn, ich hatte dreißig Jahre Zeit, um Menschen wie diesen Mann kennenzulernen. Und ich kann Ihnen nur einen guten Rat geben: Versuchen Sie gar nicht erst, einen Verbrecher zu verstehen. Nicht mal einen Mitläufer wie diesen."

„Haben Kriminelle kein Verständnis verdient?"

„Sie müssen auch an sich denken", sagte Arning. „Sie können auf Dinge stoßen, die werden Sie nie wieder los."

Seine Tränensäcke, seine dicken Wangen, sein ganzer Körper wirkten mit einem Mal wie ein Schutzwall, eine Polsterung, die alles aufsaugte, was nicht bis ins Innere dieses Mannes vordringen sollte.

Plötzlich winkte er ab. „Für die Psychologie ist die Polizei auch nicht da. Um einen Täter zu überführen, reicht es, wenn man Beweise sammelt und ihn zu einem Geständnis bringt. Alles andere ist Sache des Anwalts und der Gutachter."

Er sah Veronika an.

„Um ehrlich zu sein", sagte er. „Ich weiß nicht, was Sie hier sollen."

7

Das ganze Wochenende hatte Veronika über ihre Lage nachgedacht. Sie hatte sich mit einem Ex-Freund getroffen, Psychologe wie sie, und sie waren das Für und Wider ihrer Situation durchgegangen. Am Ende blieb nur eine einzige Schlussfolgerung: Die Abteilung brauchte sie nicht. Und sie, Veronika, sah auch keinen Sinn darin, ihre Fähigkeiten jemandem aufzudrängen, der nicht ausdrücklich darum gebeten hatte. Das hatten weder Arning noch Dirk Rose noch einer der drei anderen, nur der Apfelsinenmann wollte seine Vorstellungen von einem modernen Ermittlungsteam durchsetzen. Aber sie war nicht dazu da, die Wünsche eines Personalchefs zu erfüllen.

Am Montagmorgen stieg sie die Treppe zu ihrer Abteilung hinauf, fest entschlossen, dass es das letzte Mal sein würde. Bevor sie zu dem Personalsportsmann ging, wollte sie noch einmal mit Arning persönlich sprechen. Sie bat Frau Nolte, sie beim Chef anzumelden, doch die Sekretärin zog entrüstet ihre gezupften Brauen hoch. „Für Sie hat Herr Arning jetzt bestimmt keine Zeit. Seit einer halben Stunde ist er nur am Telefonieren, und dabei wollte er eigentlich längst weg sein."

Das sah nach einem Einsatz aus. Bei Einsätzen blieben die Kollegen manchmal den ganzen Tag außer Haus,

und Veronika konnte nichts anderes tun, als dem Tastaturklappern von Klaus Brehm zuzuhören.
Sie betrat ihr Büro und sah schlagartig ermattet auf ihren stummen Kollegen, der sich bereits durch die labyrinthischen Maschen des World Wide Web klickte.
Dann gehe ich eben gleich zum Apfelsinenmann, überlegte Veronika und war gerade dabei, die Nummer der Personalabteilung zu wählen, als plötzlich die Tür aufging und Arning sich in den Raum schob.
„Ziehen Sie sich was über, Frau Dorn. Sie kommen mit."
„Ich?"
„Ganz genau Sie. In der Speicherstadt liegt ein Toter, und bei der Leiche haben sie ein Kind gefunden. Da muss sich jemand drum kümmern."

8

Arnings Körper war breiter als der Fahrersitz. Veronika konnte den leichten Schweiß riechen, der von ihm ausging. Ein frischer Geruch, noch vermischt mit dem Duschgel, das er benutzt hatte. Arning sagte nichts, und Veronika wollte ihn nichts fragen. Vermutlich wusste er auch noch nicht mehr als das, was er ihr bereits gesagt hatte.

Sie hatten den Hauptbahnhof passiert und fuhren über die Oberbaumbrücke in das östliche Ende der Speicherstadt hinein. Die roten Lagerhäuser zogen sich an den Fleetufern des alten Hafengebietes entlang. Das Wasser dazwischen glitzerte in der Morgensonne. Veronika dachte daran, dass die gewaltigen Gebäude mit ihren fünf Etagen auf Holzpfählen standen. Schwer vorzustellen. Ungefähr so schwer wie die Aussicht, dass sie in wenigen Augenblicken das Opfer eines Mordes sehen sollte.

Je näher sie dem angegebenen Tatort kamen, umso angespannter wurde die Stille im Auto. Jetzt begann Arning leise zu fluchen.

„Wie soll man sich denn hier zurechtfinden?“, schimpfte er. „Speicher Eins, Block P, das sind doch keine Straßennamen. Haben Sie irgendwo ein Schild gesehen, auf dem Wandrahm stand?“

Hatte sie nicht, aber Veronika kannte sich ein bisschen aus. Mit dem Fahrrad hatte sie den historischen Baukomplex schon mehrmals besucht.
„Sie müssen bis zum Kai fahren und dann nach links", sagte sie so neutral wie möglich, um bloß nicht besserwisserisch zu klingen.
Schnaufend drehte Arning am Lenkrad, bis sie die lange Kopfsteinpflasterstraße des Alten Wandrahm vor sich hatten, die in gerader Linie in den Neuen Wandrahm überging. An dieser Stelle standen die Polizeiwagen. Ihr dunkles Blau fing die goldgelben Reflexe der Sonne ein.
Arning gab Gas, um gleich darauf wieder scharf abzubremsen. Sie stiegen aus. Ein junger Beamter, der die Absperrung sicherte, wies ihnen den Weg durch einen Kreuzgang.
Zwei Gewölbe folgten aufeinander, bevor sie einen Innenhof betraten. Die Gebäude, von denen er begrenzt wurde, ragten weit hinauf in den Himmel. Veronika erinnerte sich, dass sie hier schon einmal gewesen war. Damals hatte der Innenhof auf sie gewirkt wie eine Kirche unter freiem Himmel.
Jetzt wimmelte es hier von Beamten. Mitarbeiter der Spurensicherung liefen in ihren weißen Schutzanzügen vorüber.
Klawitter, Rose und Müller standen an einem Treppenabsatz, der nach unten führte, und redeten miteinander. Als Arning und Veronika dazukamen, verstummten sie. Nur Sven Klawitter sagte: „An so einem schö-

nen Morgen sterben müssen, das ist doch zum Heulen, oder?"

Veronika konnte nicht erkennen, was Arning vom Kommentar ihres Kollegen hielt. Der Kommissar sah konzentriert die Treppe hinunter. Die Stufen endeten auf einem viereckigen Betonboden, gerade groß genug für den Mann, der dort zusammengekrümmt lag. Um ihn herum war Blut. Aber keine Lache, sondern Streifen und verwischte Flecken. Er musste sich heftig blutend hin und her bewegt haben.

Blut klebte auch im Gesicht des Toten. Der Mann war noch jung. Jünger als Veronika, Mitte dreißig vielleicht. Sein Gesichtsausdruck hatte nichts von Entsetzen oder Schrecken, es war eher ein Ausdruck der Erschöpfung. Die Augen waren geschlossen, und das Gesicht war nach oben gerichtet, als hätte der Sterbende im letzten Moment seines Lebens den Anblick des Himmels gesucht.

„Todesursache sind wahrscheinlich Schläge auf den Hinterkopf. Mit einem harten Gegenstand. Nach der Tat hat das Opfer noch mehrere Stunden gelebt", fasste Dirk Rose die ersten Ergebnisse zusammen. „Vermutliche Todeszeit zwischen fünf und sechs."

Es war Mitte August. Gegen halb sechs beginnt die Morgendämmerung, dachte Veronika.

„Die Wunden sind schätzungsweise zwölf Stunden alt", fuhr Dirk Rose fort. „Er muss sich lange gequält haben."

Dieser Dirk Rose hat ganz schön viel Mitleid für einen Polizisten, dachte Veronika. Da lauert das emotionale

Defizit für eine Alkoholabhängigkeit. Sie holte tief Luft. Warum lockte dieser Kollege immer wieder die Psychologin in ihr hervor?
Als wäre es sein eigenes Verschulden, sagte Rose: „Mit einem Notruf hätte er wahrscheinlich überlebt. Aber er hatte kein Handy bei sich."
Arning betrachtete mit konzentriertem Blick die Leiche am unteren Ende der Treppe. „Irgendwelche Identitätsnachweise?", fragte er.
„Nichts. Absolut gar nichts."
Rose fuhr sich mit seiner Hand in den Nacken und ließ sie dort liegen, als müsse er sich irgendwo festhalten in dieser Situation ohne jegliche Anhaltspunkte.
Er wandte sich an Veronika. „Gut, dass du da bist. Mit diesem Kind sind wir ein bisschen überfordert, glaube ich."
Rose führte sie vom Tatort weg in eine Nische des Hofes. Dort saß ein etwa zehnjähriges Mädchen auf einem Treppenabsatz. Ein Mann kniete neben dem Kind und versuchte, offensichtlich erfolglos, mit ihm zu reden.
Auch Veronika ging vor der Kleinen in die Knie.
Das Gesicht des Mädchens war weiß wie Pergamentpapier, die graublauen Augen starrten an der fremden Erwachsenen vorbei. Die dunkelblonden Haare waren zerzaust und fettig, an den Wangen klebte Dreck und verkrustetes Blut.
Der Blick des Mädchens ließ nicht erahnen, was es in seinem Schweigen aushielt, so leer und ausdruckslos schaute es ins Nichts.

Die Kleidung verriet, dass die Kleine aus ärmlichen Verhältnissen kommen musste. Windjacke, Hose und T-Shirt waren von diesen bunten, verwaschenen Farben, wie man sie in den Wühlkästen von Billigdiscountern fand. Ihre Hände hatte sie tief in ihre rosalila Jacke vergraben.
Vergeblich versuchte Veronika, einen Blickkontakt herzustellen.
„Guten Morgen, ich heiße Veronika, und du?"
Das Mädchen zeigte keine Reaktion. Veronika hielt die Hand an das Gesicht, es war eisig kalt.
„Du bist ja total durchgefroren!", sagte Veronika, zog ihre Jacke aus und hing sie dem Mädchen über. Das Kind machte sich am ganzen Körper steif, als bereite ihm die kleinste Berührung Schmerzen.
„Warst du etwa die ganze Nacht hier?", fragte Veronika.
Kein Nicken, nichts.
„Vergessen Sie's. Aus der kriegen Sie nichts raus. Wahrscheinlich ist sie taubstumm", sagte der Mann, der neben ihr hockte.
„Sind Sie ein Kollege?"
„Ich, von der Polizei? Nee!" Der Mann lachte.
„Ich hab den Schlamassel nur als Erster gesehen und die 110 angerufen."
„Wo war das Mädchen denn in diesem Moment?", fragte Veronika.
„Na, die hat bei dem Toten gesessen. Sie wollte sich gar nicht wegführen lassen."

„Entschuldigen Sie, Frau Dorn“, hörte Veronika Arnings Stimme über sich. „Aber die Zeugenbefragung ist hier meine Sache. Mit dem Kind haben Sie genug zu tun. Ärztliche Untersuchung, Vermisstenmeldungen überprüfen und so weiter. Sven Klawitter wird Ihnen helfen. Außerdem müssen wir eine Lösung finden, wo wir die Kleine unterbringen können, solange wir nicht wissen, wo sie hingehört. Und schön wäre natürlich, wenn Sie ein paar Worte aus ihr herausbekämen.“

Veronika wusste nicht einmal, wie sie das Kind von der Stelle bewegen sollte.

„Wir bringen dich erst mal ins Warme, und Hunger hast du wahrscheinlich auch“, sagte sie. Da das Mädchen beide Hände vergraben hatte, fasste sie den Arm an, doch das Kind drehte ihn aus ihrem Griff heraus.

Jetzt kam Sven Klawitter. „Na, wen haben wir denn da?“, rief er und beugte sich vor. Mit seinem Kugelbauch und seinem rundlichen Gesicht wirkte er wie ein Clown. „Ein kleines, durchgefrorenes Mädchen. Dich müssen wir ja sofort in unseren Palast bringen.“

Er hielt ihr seine Hand hin. „Na, komm schon. Onkel Sven zeigt dir mal, wo sein Auto steht.“

Sie nahm zwar nicht seine Hand, aber sie stand auf, den Blick auf den Boden gerichtet.

„Na gut. Dann kommst du einfach nach“, sagte Sven und ging los.

Die Kleine folgte ihm mit schlurfenden Schritten. Veronika hatte das Gefühl, dass es besser war, nicht hinter oder neben ihr zu gehen. Die stumme Botschaft, die das unbekannte Mädchen aussandte, hieß eindeutig: Lasst mich bloß in Ruhe.

Und so hielt sich Veronika neben Sven Klawitter.

„Mädchen“, sagte ihr Kollege kennerisch. Veronika wusste inzwischen, dass er selbst zwei Töchter hatte. „Die müssen manchmal zicken. Das ist ganz normal.“

Am Auto angelangt, öffnete er zuerst die Beifahrertür und winkte das Mädchen zu sich.

„Das ist der beste Platz im Auto, und ich glaub, den hast du verdient“, sagte er. „Auch wenn ich noch keine Ahnung hab, was du alles hinter dir hast.“

Das Mädchen setzte sich, ließ sich von Sven den Gurt anschnallen und starrte geradeaus durch die Frontscheibe.

Sven Klawitter fuhr los, ein paar hundert Meter rollten sie vor sich hin, ohne dass ein Wort fiel.

„Ach komm, Spatzi!“, brach Sven das Schweigen. „Du kannst doch nicht den ganzen Tag so stumm sein. Jetzt sag uns doch mal, wie du heißt, mhm?“

Das Kind starrte weiter geradeaus. „Ooooch“, machte Sven und verzog sein Gesicht zu einer so übertrieben traurigen Grimasse, dass selbst Veronika kichern musste. Im Gesicht des Mädchens bewegte sich nichts.

„Mann, Mann, Mann, Mann“, stöhnte Sven auf. „Was das wohl wieder für ein Mist ist.“

Sie beschlossen, zuerst in ein Stehcafé zu gehen, bevor sie das Mädchen untersuchen ließen. Sie kauften heiße Schokolade und Croissants, doch obwohl es todhungrig sein musste, brach es nur zögernd kleine Teigstücke ab und schlürfte in winzigen Zügen an der Schokolade. Svens Versuche, mit dem Mädchen zu reden, blieben erfolglos. Er erklärte ihm, dass sie als Nächstes zu einer Ärztin gehen würden.

„Die muss doch untersuchen, ob du krank geworden bist, wenn du so lang draußen in der Kälte warst", redete er auf das Kind ein, das seinen Blick auf den Teller geheftet hielt.

Veronika flüsterte er zu: „Diese Ärztin kennt sich ganz gut aus in solchen Fällen."

„Was meinst du mit ‚solchen Fällen'?", fragte sie leise.

„Ist doch völlig klar, was hier gelaufen ist", antwortete Sven ebenso leise. „Zumindest, was diesen Punkt angeht."

„Ich hab mir noch gar kein Bild gemacht", sagte Veronika.

Sven schüttelte lächelnd den Kopf. „Das glaub ich dir nicht. Man macht sich immer eins. Wahrscheinlich hast du's nur gleich wieder verdrängt."

Veronika widersprach nicht. Vielleicht hatte er sogar recht.

Zu der Untersuchung ging sie mit dem Mädchen allein. Es folgte ihr ohne Probleme, erst als die Ärztin mit ihrer Arbeit begann, begann es sich zu wehren. Es machte sich steif, als die Ärztin versuchte, ihm die Jacke auszuziehen. Die Frau, die schon etwas älter war, redete auf das Kind ein und erklärte ihm, dass diese Untersuchung wichtig sei. Sie müssten nun einmal ganz sicher sein, dass sie gesund sei. Das schien das Mäd-

chen ein wenig zu beruhigen. Ab jetzt kündigte die Ärztin jeden Schritt an, den sie machen wollte. Sie hatte den Oberkörper bereits entkleidet, als sie sagte: „Ich muss jetzt deine Hose öffnen."
Zwei kleine Fäuste krampften sich um den Hosenbund. Veronika dachte, dass allein diese Geste genügte, um Svens Verdacht zu bestätigen.
„Können Sie mir bitte helfen?", fragte die Ärztin. Das klang leicht gereizt, offenbar wussten richtige Polizistinnen in solchen Momenten sofort, was zu tun war. Zögernd legte Veronika ihre Hände auf die Arme des Mädchens, doch es schlug ihre Hände weg. Die Ärztin klang noch gereizter.
„Liebe Kollegin. Ich muss da nun mal rankommen. Sonst kriegen Sie Ihre Beweise nicht. Also bringen wir's hinter uns."
Veronika schlang ihre Arme jetzt ganz fest um das Mädchen. Ein Quieken entfuhr seinem Mund, und als die Ärztin an seiner Hose zerrte, strampelte es mit beiden Beinen. Erst als es ganz nackt war, hörte es zu strampeln auf. Auf den Oberschenkeln waren Blutergüsse, doch das Schlimmste war der Geruch, der von dort kam und absolut nicht zu einem kleinen Mädchen gehörte.
„Mindestens einen Tag alt", murmelte die Ärztin, während sie etwas zwischen die Beine des Mädchens schob, um eine Probe zu nehmen. „Das stinkt ja schon meilenweit."
„Hast du Schmerzen?", fragte sie das Mädchen, das jedoch nicht reagierte.

Die Ärztin griff nach einer Salbe und rieb die wunden Stellen ein. „Das war eine Entjungferung", sagte sie leise. „Sie ist höchstens zwölf."

„Ich dachte, sie wäre jünger", wunderte sich Veronika.

Die Ärztin nickte. „Dachte ich auch zuerst. Sie ist ziemlich klein für ihr Alter. Aber Brust und Becken sind schon weiter."

Als sie das Mädchen losließen, zitterte es am ganzen Körper.

„Du willst dich bestimmt waschen", sagte die Ärztin, brachte sie zu einem Waschbecken und zog einen Plastikvorhang davor.

„Also taub ist sie nicht", überlegte die Ärztin laut, während sie sich die Handschuhe auszog. „Es war ja offensichtlich, dass sie mich verstanden hat. Aber Stummheit ist doch meist eine Folge von Gehörlosigkeit, oder?"

Sie sah Veronika an. „Gibt es da nicht so eine Nervenkrankheit? Sie sind doch Psychologin!"

„Sie meinen Aphasie. Aber das ist eigentlich eine Folge von Hirnverletzungen."

Die Ärztin schüttelte den Kopf. „Äußerlich sind keine Kopfverletzungen zu sehen."

Noch immer lief das Wasser hinter dem Vorhang. Als das Mädchen den Vorhang endlich wieder aufzog, schimmerte sein Gesicht vor Sauberkeit, die Haare waren gekämmt und auf seinem T-Shirt waren Wasserflecken. Es hatte offenbar versucht, Schmutz wegzureiben.

„Ich glaub nicht, dass sie was am Kopf hat“, meinte die Ärztin. „Aber zur Sicherheit können Sie ja noch zu einem Neurologen gehen.“

9

Am späten Nachmittag traf sich das Team zur ersten Besprechung.
Veronika setzte das Mädchen so lange zu Frau Nolte. Apathisch schaute es zu, wie die Sekretärin auf ihrer Computertastatur herumklapperte.
Dirk Rose eröffnete die Sitzung und fasste die ersten Ergebnisse zusammen.
Der vorläufige Obduktionsbericht bestätigte, dass das Opfer nach Schlägen auf den Hinterkopf noch mehrere Stunden gelebt hatte und erst in den frühen Morgenstunden gestorben war. Die Tatwaffe musste ein spitz zulaufender Gegenstand sein, ein Schlagring zum Beispiel.
Der Mann hatte weder Alkohol- noch andere Drogenspuren im Blut. Seine Fingerabdrücke und die DNA waren in keiner der einschlägigen Dateien registriert. Persönliche Gegenstände waren keine gefunden worden.
„Wir haben überall in der Umgebung gesucht. Kein Ausweis, keine Geldbörse, kein Handy, kein Schlüssel. Einfach nichts“, sagte Dirk Rose so schwermütig, als hätte er diese Dinge persönlich verloren.
Er und Herbert Müller hatten bereits einige Angestellte befragt, die in den umliegenden Büros arbeiteten.

Wie fast überall in der Speicherstadt waren auch in diesem Gebäudekomplex die einstigen Lagerhallen zu Büroetagen umfunktioniert worden. Hier ließen sich Unternehmen nieder, die Wert auf eine ausgefallene Umgebung mit Atmosphäre legten. Werbe- und Castingagenturen, Kulturmanager, Architekturbüros.

„Wir haben in jedem Büro geklingelt. Niemand hat diesen Mann jemals gesehen“, berichtete Rose. „Alibis haben praktisch auch alle, denn am Sonntagabend hat dort niemand gearbeitet. Einen Pförtner, der die Angaben bestätigen könnte, gibt es leider nicht.“

Arning bedankte sich und wandte sich an Sven. „Und was wissen wir über das Mädchen?“

„Vergewaltigt“, sagte Sven. Er hatte noch einmal mit der Ärztin telefoniert und sich ein Gutachten faxen lassen. „Mindestens vierundzwanzig Stunden vor der Tatzeit. Unter den laufenden Vermisstenmeldungen ist sie nicht. Außerdem hat sie die Sprache verloren.“

„Was soll das denn heißen?“, fragte Arning, sichtlich verärgert über den flapsigen Ausdruck. Sven sah Hilfe suchend zu Veronika.

„Sie leidet an einer Sprachhemmung“, erklärte sie. „Organische Ursachen dafür gibt es nicht.“ Die Untersuchung beim Neurologen war wie erwartet negativ ausgefallen.

„Na ja, vielleicht will sie einfach nicht reden“, meinte Arning.

„Es kann auch eine Form von Mutismus sein“, sagte Veronika.

Arning sah sie fragend an.
„Die Betroffenen haben die Kontrolle über ihre Sprachsteuerung verloren. Sie können nicht reden, obwohl sie es möchten. Manchmal können sie gar nichts mehr sagen. Manchmal sprechen sie nur mit ein oder zwei engen Bezugspersonen, mit den Eltern zum Beispiel."
„Nach denen suchen wir natürlich schon", schaltete sich Dirk Rose wieder ein. „Ich frag mich nur, wieso die Eltern nicht nach ihrer Tochter fahnden lassen. Sven ist sogar die bundesweiten Vermisstenmeldungen durchgegangen. Keine einzige Beschreibung passt auf das Mädchen."
„Und was machen wir jetzt mit ihr?", fragte Arning.
Veronika hatte den ganzen Nachmittag mit den zuständigen Stellen telefoniert. Jugendamt, jugendpsychologischer Notdienst, Kindernotdienst.
„Es sieht schwierig aus, einen Heimplatz für sie zu finden", sagte sie. „Die normalen Heime fühlen sich mit der Problematik überfordert, und die Spezialeinrichtungen sind alle bis auf den letzten Platz belegt."
Arning schüttelte den Kopf. „Ich würde das Kind auch gar nicht sofort in ein Heim stecken. Wie es aussieht, ist es unser einziger Zeuge. Kann sie nicht bei jemandem von euch wohnen? Vorübergehend natürlich, bis wir mehr wissen."
Es wurde still im Raum. Niemand wollte so plötzlich ein fremdes, stummes Kind betreuen. Müller und Brehm sahen bereits zu Veronika, als wäre ohnehin

klar, wer für so etwas zuständig war. Und Arning sprach es aus: „Diese Aufgabe ist doch wie für Sie gemacht, oder nicht?"

Es liegt nicht nur daran, dass ich Psychologin bin, dachte Veronika. Soweit sie es mitbekommen hatte, war sie auch die Einzige im Team, die keine Kinder hatte. Sie musste nicht einmal jemanden fragen, ob er mit einem vorübergehenden Pflegekind einverstanden war.

„Dann haben Sie ab heute drei Tage Erziehungsurlaub", sagte Arning, und plötzlich schenkten ihr die Kollegen ein väterliches Lächeln.

10

Arning fasste noch einmal die Lage zusammen.

„Ich denke, euch ist klar, wie schwierig die Situation ist. Wir haben zwei Tatopfer und wissen nach einem Tag weder, wer sie sind, noch, woher sie kommen. Wir wissen nicht einmal, was sie miteinander zu tun haben könnten."

Er machte eine Pause, um geräuschvoll durchzuatmen.

„Ich fürchte, wir müssen etwas machen, das ich eigentlich nicht leiden kann."

Er grinste komisch, und die Kollegen lächelten verstohlen.

„Thesen schmieden", rief Sven.

„Tja dann", sagte Arning. „Ich kenne euch. Ihr habt sowieso schon alle eine Idee. Verratet sie lieber gleich. Dann können wir wenigstens zusammen darüber nachdenken."

Sven meldete sich, hemmungslos wie immer, als Erster zu Wort.

„Wie wär's denn damit, dass die Kleine sich bei ihrem Vergewaltiger gerächt hat."

Rose fiel sofort ein. „Dann wäre sie doch nicht noch stundenlang in seiner Nähe geblieben."

Sven verteidigte seine Idee: „Vielleicht hat sie ja hinter-

her ein schlechtes Gewissen bekommen."
Arning sah in die Runde. „Da brauchen wir nur bis morgen zu warten, wenn der DNA-Vergleich da ist. Noch andere Ideen?"
„Missbrauch gibt es auch in organisierter Form", ließ Klaus Brehm sich vernehmen. „Wir haben eine ganze Abteilung, die zu Kinder-Pornos im Internet ermittelt. Ich würde da mal eine Querverbindung herstellen."
Arning nickte ihm zu, was offenbar eine Ermunterung war.
„Weiter?", fragte er.
„Nur dreihundert Meter daneben ist das Afghanische Museum. Vielleicht sind wir einem Terror-Netz auf der Spur."
Das war Herbert Müller. Veronika hatte den Eindruck, dass seine These ein betretenes Schweigen auslöste. Sie war ja auch extrem weit hergeholt.
Doch Arning fand einen idealen Weg, Müllers Idee aufzugreifen, ohne sie direkt zu unterstützen.
„Herbert hat recht", sagte er. „Wir sollten alle Einrichtungen in der Speicherstadt abgrasen."
Für die Leute, die er in seinem Boot akzeptiert, ist er ein ganz schön guter Chef, dachte Veronika, während sie ihm weiter zuhörte.
„Wir haben das Foto des Opfers stapelweise kopiert. Also schnappt euch ein paar Exemplare und geht damit in jeden Laden, in jedes Büro, das ihr im Umkreis findet. Momentan müssen wir noch in jede Richtung ermitteln."

Damit gingen sie auseinander. Und Veronika, die noch am Morgen ihren Job kündigen wollte, verließ das Gebäude mit der Hauptzeugin eines Mordes an ihrer Seite.

11

Sven Klawitter fuhr sie zum Bahnhof Altona. Von dort wollte Veronika mit dem Mädchen ins Einkaufszentrum Mercado gehen, um ihr neue Sachen zu kaufen. Die Kleine entzog sich jedem Versuch, an die Hand genommen zu werden. Veronika hockte sich vor sie und sah in das blasse Gesicht unter den hellblonden Locken.

„Ich bin jetzt für dich verantwortlich“, erklärte sie, in der Überzeugung, dass ein zwölfjähriges Mädchen so einen Satz durchaus verstand. „Ich muss dafür sorgen, dass dir nichts passiert. Und dort, wo wir hingehen, sind sehr viele Leute. Also gib mir bitte deine Hand.“

Sie sah, wie sich der Ausdruck im Gesicht des Mädchens wandelte. Wo eben noch Verlorenheit war, entdeckte sie Trotz. Eigentlich war das leicht zu verstehen, dachte sie. Das Mädchen war in einem Alter, in dem sie sich auch von niemandem an die Hand hatte nehmen lassen.

„Also gut. Dann versprich mir, dass du immer ganz dicht neben mir läufst.“

Wie sollte das Kind versprechen, wenn es nicht sprach? Veronika stand wieder auf. Sie musste es versuchen. Und tatsächlich hielt sich das Mädchen dicht an ihrer Seite. Schon nach ein paar Metern hatte Veronika das

Gefühl, ihre rechte Körperhälfte habe magnetische Eigenschaften, so zuverlässig wie das Mädchen immer eine Handbreit neben ihr blieb.

Die Kindersachen hatten sie schnell gekauft, da sie auf die Anprobe verzichteten. Veronika fand, das Mädchen hatte an diesem Tag schon genug durchgemacht. Die Kleine interessierte sich auch kaum für die Klamotten. Dagegen schien sie vom Mercado sehr beeindruckt zu sein. Als sie den Modemarkt verließen, schaute sie hinauf zu den Galerien, die in drei Etagen übereinander lagen. Die üblichen Markengeschäfte reihten sich dort aneinander, weit geöffnete Türen und bekleidete Puppen hinter Glas, Spiegelungen einer Perfektion, von der man sich unkontrolliert verführen ließ oder sich aus Überzeugung dagegen versperrte.

Aber diese gläserne Welt machte nur einen Teil des Einkaufszentrums aus. Der Innenhof war wie ein Marktplatz im traditionellen Sinne gestaltet. An den Verkaufsständen und Bars tummelte sich die internationale Bevölkerungsgemeinde von Ottensen. Zwischen der Sushi-Bar und dem arabischen Olivenhändler diskutierten ein paar Italiener lautstark am Pasta-Buffet. An der Boteco-Bar traf sich die lateinamerikanische Gemeinschaft, und gleich nebenan unterhielt ein vietnamesisches Team seit vielen Jahren den besten China-Imbiss der Gegend. Nicht selten hörte Veronika hier drei bis vier verschiedene Sprachen gleichzeitig. Natürlich fehlten auch der Hamburger Fischhändler und der Gemüsebauer aus Dithmarschen nicht.

Veronika ging mit dem stummen Mädchen durch die Gänge und erzählte ihm, was sie über die Geschäfte und ihre Besitzer wusste. Sie hatte das Gefühl, es könnte gut sein, das Kind auf andere Gedanken zu bringen. Die meisten Verkäufer kannte sie persönlich. Luis aus Costa Rica, der Wirt der Boteco-Bar, deutete auf das Mädchen und fragte, ob das ihr Kind sei.
„Nur geborgt", antwortete Veronika und schaute im nächsten Moment unsicher zu ihrem Schützling. Vielleicht fand das Mädchen diesen Scherz ja blöd. Doch es hatte gar nicht zugehört, sondern verfolgte mit gebanntem Blick den Fahrstuhl, der in seinem gläsernen Schacht in die Höhe glitt.
„Wenn wir das nächste Mal hier sind, fahren wir auch mal hoch", versprach sie. Aber jetzt war es Zeit, nach Hause zu gehen, die Kleine musste völlig erschöpft sein. Veronika wollte nur noch ein paar Sachen am Biostand einkaufen. Als sie an der Kasse wartete, drängte sich das Mädchen plötzlich so dicht an sie, als wolle es sich zwischen sie und den Ladentisch schieben. Dabei sah es in eine ganz bestimmte Richtung. Veronika folgte seinem Blick, doch da war nur Luis, der sich mit einem Kunden unterhielt. Veronika beugte sich zu dem Mädchen hinab.
„Kennst du den Mann?"
Die Kleine reagierte nicht.
Veronika beobachtete die beiden Männer eine Weile. Luis winkte ihnen noch einmal zu, seinen Kunden sah sie nur von der Seite. Zu dem, was er sagte, schüttelte Luis mehrmals den Kopf.

Das Mädchen drückte sich noch immer heftig an Veronikas Hüfte.

Wahrscheinlich ist ihr der ganze Rummel hier zu viel, dachte Veronika, bezahlte und ging auf schnellstem Wege mit ihrem Schützling nach Hause.

Zu Hause machte sie Nudeln mit Tomatensoße. Wieder aß die Kleine so zaghaft, als könnten ihr größere Bissen innere Verletzungen zufügen.

Nach dem Essen gab Veronika ihr ein T-Shirt als Nachthemd und breitete ein Federbett und ein Kissen auf ihrem Fernsehsofa aus.

Kaum war sie fertig, kroch das Mädchen unter die Bettdecke und zog sie sich so weit über den Kopf, dass nichts mehr von ihr zu sehen war.

Als wolle sie sich vor der ganzen Welt verstecken, dachte Veronika. Und das war vielleicht auch alles, was sie jetzt brauchte. Ein warmes Versteck und Schlaf. Therapeutische Versuche mussten bis morgen warten.

„Gute Nacht", rief Veronika dem Federbettwall zu. „Ich schlafe nebenan. Die Tür steht offen. Wenn irgendetwas ist, kannst du jederzeit zu mir kommen."

12

Am Morgen wurde Veronika von Geräuschen in ihrer Küche geweckt. Sie stand auf und sah nach. Als sie auf den Küchentisch blickte, fragte sie sich, ob sie wirklich schon aufgewacht war oder vielleicht noch träumte. In der Kaffeemaschine dampfte frisch gebrühter Kaffee. Im Brotkorb lagen geröstete Toasts. Butter, Marmelade und Käse waren aus dem Kühlschrank geräumt, Teller und Besteck aus den Regalen auf den Tisch gewandert. Das Mädchen saß am Tisch und sah stumm vor sich hin. Vor ihr stand eine Tasse mit einer braunen Flüssigkeit darin. Sie hatte sich einen Kakao angerührt.

Irgendetwas daran war unheimlich, aber Veronika zwang sich, ihre Verwirrung zu überspielen und ihre kleine Mitbewohnerin zu loben.

„Hei, das ist ja großartig. Wie hast du dich denn so schnell zurechtgefunden?"

Die Kleine wartete so lange, bis Veronika ihren Bademantel geholt und sich an den Tisch gesetzt hatte, dann begann sie zu essen. Das heißt, sie schmierte sich Butter und Marmelade auf einen Toast, um ihn dann Stück um Stück zu zerpflücken und sich die Stückchen in den Mund zu schieben.

Woher kommt ein Kind, das auf der einen Seite so selbstständig und auf der anderen so schüchtern ist? Es

war eben keine Schüchternheit, es war eine Blockade, die einen Teil des normalen Verhaltens hemmte.
Sie aß bestimmt nicht immer so. Wenn etwas an diesem Mädchen nicht blockiert war, dann war das ihr Wille zur Selbstständigkeit. Darauf kann ich aufbauen, dachte Veronika und hatte jetzt eine Idee, wie sie mit dem Kind vielleicht ins Gespräch kam.
Nach dem Frühstück holte sie Papier und Stifte und legte sie vor das Kind auf den Küchentisch.
„Kannst du mir aufschreiben, wie du heißt?“, fragte sie.
Die Kleine rührte sich nicht.
„Kannst du nicht schreiben?“
Jetzt nahm sie den Stift und schrieb: „Doch.“
Veronika musste lächeln.
„Heißt das, du willst uns nicht verraten, wer du bist?“
Keine Reaktion.
„Würdest du eigentlich gern wieder sprechen können?“, fragte Veronika weiter.
Die Kleine schrieb zwei große Buchstaben auf das Papier: „JA.“
Veronika hatte damit gerechnet. Die Kleine mochte zwar nach außen so wirken, als schwiege sie aus Trotz, aber ein trotziges Schweigen machte in ihrer Lage keinen Sinn. Kinder, die absichtlich schwiegen, taten das, weil sie glaubten, der andere müsste wissen, was in ihnen vorging. Schweigen war für sie ein Manöver, um die Aufmerksamkeit auf sich zu ziehen.
Aber dieses Mädchen war zu groß, um daran glauben zu können, dass eine fremde erwachsene Frau ihre

Gedanken lesen konnte. Es sah eher aus, als wäre sie in ihrer Welt gefangen. Eine Welt, die wehtat und die sie nach außen hin mit aufgebauschten Bettdecken abpolstern musste.

„Hör mal", rief Veronika, so, wie man jemanden ruft, den man wecken will. „Ich kann dich nicht die ganze Zeit mit ‚Hallo du' ansprechen. Wenn du mir deinen richtigen Namen nicht verraten willst, muss ich das akzeptieren, aber vielleicht kannst du mir sagen, wie ich dich sonst nennen soll. Ich und die anderen Menschen, die mit dir reden wollen."

Einen Moment lang sah das Mädchen sie tatsächlich an, aber dann ließ es seinen Blick wieder nach unten sinken.

Veronika hatte in den letzten Jahren mindestens tausend verschiedene Arten zu schweigen kennengelernt. Sie hatte gelernt, Schweigen als Sprache zu verstehen. Stumme Angst, heimliche Freude, verhaltene Missbilligung, die Stimmungen von Menschen hatten für Veronika Klangfarben bekommen, die sie immer besser voneinander unterscheiden konnte. Je älter sie wurde, umso vielfältiger schien das Spektrum des Schweigens zu werden, und umso feiner Veronikas Gehör für seine verschiedenen Klänge. Aber noch nie war Veronika einem Menschen begegnet, dessen Schweigen sich mit einer solchen stillen Wucht ausbreitete. Die stumme Niedergeschlagenheit dieses Mädchens fing allmählich an, sie zu lähmen. Veronika musste dagegen ankämpfen, wenn sie nicht in hilfloses Mitleid verfallen wollte.

„Komm schon“, wiederholte sie ihre Bitte. „Es wird doch irgendeinen Namen geben, den du gut findest.“
Das Mädchen nahm zögernd den Stift in die Hand und schrieb langsam: „Britni.“
„Willst du heißen wie Britney Spears?“
Die Kleine deutete auf die zwei anderen Buchstaben, die sie bereits geschrieben hatte. „JA.“
Dann stand sie auf, lief zum Sofa und verkroch sich unter das Federbett.
Eine Zwölfjährige, die sich wie ein dreijähriges Kind benahm, das Verstecken spielte. Das hatte etwas Komisches. Veronika traute diesem Mädchen beinahe zu, dass ihm die Komik seines Verhaltens bewusst war. Zumindest war es eine originelle Art zu sagen: Für mich ist jetzt genug geredet worden.

13

Veronika wusch das Geschirr ab, als sie plötzlich Fernsehergeräusche aus ihrem Wohnzimmer hörte. Britni hatte die Fernbedienung gefunden. Sie saß, halb versteckt unter dem Bettzeug, auf dem Sofa und zappte sich durch die Programme. Bei einem Actionfilm hielt sie an. Menschen in Tropenanzügen wurden in einem dicht bewachsenen Urwald von einem Rudel brüllender Affen verfolgt. Von der ersten Sekunde an starrte Britni wie gebannt darauf.

Veronika war verblüfft. Nach allem, was Britni erlebt haben musste, war es das Beste, was sie tun konnte, sich in ein warmes Nest zu verkriechen und Bildern des Schreckens zu stellen. Es gab kaum eine bessere Therapie gegen Angst. Und zufällig hatte Britni auch noch die archaischsten Stereotypen ausgewählt. Zähnefletschende Primaten und Menschen, die dem unüberschaubaren Gestrüpp der wilden Natur ausgeliefert waren. Sie schien wie viele Kinder die Gabe zu besitzen, intuitiv die Dinge zu tun, die sie für ihre seelische Gesundheit brauchte. Als sie Veronika bemerkte, erschrak sie. Das schlechte Gewissen, weil sie sich die Fernbedienung genommen hatte, ohne vorher zu fragen. Veronika lächelte.

„Du kannst dir den Film gern anschauen“, sagte sie, kündigte aber zur Sicherheit schon jetzt an: „Wenn

er zu Ende ist, machen wir den Fernseher wieder aus."
Eigentlich wollte sie neben Britni sitzen bleiben und sie beim Fernsehen im Blick behalten, aber dann klingelte ihr Telefon.
Veronika nahm den schnurlosen Hörer und ging in die Küche. Es war Arning, der wissen wollte, ob sie schon etwas herausbekommen hatte.
Veronika hörte Panikschreie aus dem Fernseher.
„So schnell geht das nicht", antwortete sie ihrem Chef. „Man muss sehr behutsam mit diesem Mädchen umgehen."
„Wenn wir wenigstens irgendeinen Hinweis von ihr bekommen könnten", stöhnte Arning. „Wir tappen völlig im Dunkeln."
„Sie kann schreiben", sagte Veronika leise.
„Na, das ist doch was. Ich komme sofort."
Veronika hatte es befürchtet. Sie kam sich vor, als hätte sie Britni verraten. Arning brauchte mit dem Auto nicht mehr als zwanzig Minuten, um bei ihr zu sein. Zum Glück war der Film bis dahin zu Ende.

Sie setzten sich in die Küche. Britni saß dem wuchtigen Kommissar gegenüber und wirkte noch kleiner und zerbrechlicher als sonst. Veronika hatte sich neben sie gesetzt. Sie sollte spüren, dass sie auf ihrer Seite war.
„Also, hör zu, Britni. Ich frag dich jetzt einfach, was ich wissen will, und du schreibst die Antworten auf", sagte Gisbert Arning.

Britni blickte auf das leere Blatt Papier, das er vor sie hinlegte.
„Wir wissen jetzt, dass der Tote nichts Schlimmes mit dir gemacht hat“, begann Arning und wartete einen Moment, dann fragte er in ruhigem Ton: „Wer hat dich vergewaltigt, Britni?“
Veronika spürte die Verkrampfung, die diese Frage bei dem Mädchen auslöste.
Arning nahm einen Stift und drückte ihn in die Kinderhand. Ohne loszulassen sagte er: „Schreib den Namen auf. Auch wenn du nur den Vornamen weißt, hilfst du uns damit, den Mann zu finden.“
Er ließ Britnis Hand los. Der Stift fiel auf den Tisch zurück.
Arning ließ eine Minute vergehen. Er beobachtete das Mädchen, als könne sie anfangen zu sprechen, wenn er nur intensiv genug auf ihren Mund schaute.
Die Stille, die sich in Veronikas Küche ausbreitete, fing an wehzutun. Im Schweigen des Mädchens hörte Veronika etwas Verzweifeltes. Sie wollte das Trauma nicht noch vergrößern und wechselte das Thema.
„Was ist denn mit dem Toten?“, fragte sie. „Kannst du uns sagen, wie der hieß?“
Das Mädchen starrte weiter die Tischplatte an.
„Woher kanntest du ihn? Kannst du uns irgendein Wort dazu aufschreiben?“
Nichts.
Arning stand auf. Aber Veronikas Küche war viel zu klein, um darin auf und ab zu walzen. Er drückte sich

am Tisch vorbei zum Fenster und sah hinaus. Eine dicke Nackenwulst zog sich über seinen Hemdkragen.
„Schöne Aussicht", murmelte Arning. Von Veronikas Fenster konnte man über den Hamburger Hafen bis zur Köhlbrandbrücke sehen.
Der Kommissar drehte sich wieder um, als habe er aus dem Blick in die Ferne neue Energie geschöpft. Er setzte sich wieder auf seinen Platz und fragte: „War es nicht so, dass du den Mann schon lange gekannt hast? Wochen, Monate vielleicht."
Seine alte Methode, dachte Veronika. Er präsentiert dem Mädchen eine mögliche Version.
„Er hat dir Geld gegeben", fuhr Arning fort. „Damit du Dinge machst, die du nicht machen willst. Du musstest dich ausziehen und fotografieren lassen. War es so?"
Er tippte auf das weiße Blatt. „Du brauchst da nur Ja oder Nein draufschreiben. Hörst du? Ja oder Nein!"
„Bitte, Herr Arning, können Sie damit aufhören", sagte Veronika. „Sie tun dem Mädchen weh."
„Woher wollen Sie das denn wissen?"
„Ich spüre es."
„Es tut mir leid. Manchmal tut die Wahrheit eben weh", erwiderte Arning und fuhr jetzt wesentlich sanfter fort. „Ja oder nein. Mehr will ich gar nicht. Beides würde uns weiterhelfen."
Er hatte keinen Erfolg.
„Okay", machte Arning und öffnete seine Aktentasche. „Dann müssen wir den unangenehmen Weg gehen. Ich hatte gehofft, wir könnten es vermeiden."

Er zog einen Umschlag hervor.
„Unser Kollege Brehm hat gute Arbeit geleistet“, erklärte er Veronika und gab ihr einen Stapel Computerausdrucke. Fotos aus dem Internet.
„Wenn sie das ist, hätten wir endlich die Spur zu einem Täterkreis, nach dem wir schon lange fahnden. Wir müssen ihr nicht alle zeigen. Suchen Sie eins aus.“
Die Fotos zeigten alle denselben nackten Mädchenkörper, so blass und schmal wie der von Britni. Der Kopf war auf den Bildern jeweils bis zum Kinn abgeschnitten. Nur auf einem sah man ihn ganz, allerdings nur von hinten. Ein blonder kindlicher Schopf am Ende eines durchgestreckten Rückens, dessen hinteren Teil das Mädchen in die Höhe gedrückt hatte.
„Wer lässt Kinder denn so was machen?“, fragte Veronika angewidert.
„Das kriegen wir vielleicht bald heraus“, antwortete Arning und sah Britni an. „Wenn du uns hilfst.“
Veronika nahm ein Foto, auf dem der Mädchenkörper am wenigsten zu einer Pose gezwungen worden war, und legte es auf den Tisch.
„Wenn du das bist“, sagte Arning zu Britni, „dann werden wir das niemandem verraten. Versprochen. Also, ja oder nein.“
Veronika beobachtete das Gesicht von Britni, die auf das Foto sah. Sie wirkte nicht sehr erschrocken, schaute nicht sofort wieder weg. Im Gegenteil, sie betrachtete den nackten Mädchenkörper auf dem Foto fast neugierig. Dann nahm sie den Stift in die Hand und

schrieb: „NEIN.“
„Ich weiß nicht, ob wir ihr glauben können“, überlegte Arning laut.
„Doch, das können wir“, sagte Veronika. „Sie bricht ihr Schweigen nicht, um zu lügen. Das würde für sie keinen Sinn ergeben.“
„Für mich ist hier noch kein Schweigen gebrochen.“
Veronika verzichtete auf einen Streit um Worte. Sie blätterte die Fotos noch einmal durch. Schon bald hatte sie den Beweis gefunden, dass Britni nicht log. Am Hals des fotografierten Mädchens konnte man bei genauem Hinsehen eine Narbe erkennen. Britni hatte so eine Narbe nicht.
„Das schließt noch nicht aus, dass sie nicht doch etwas mit dieser Szene zu tun hat“, sagte Arning und steckte die Fotos wieder ein.
Erst jetzt stellte er die Frage, auf die Veronika schon die ganze Zeit gewartet hatte.
„Hast du gesehen, wer den Mann ermordet hat?“
Britnis Hand krampfte sich um den Stift.
„Hast du Angst, du könntest den Mörder wiedersehen?“, fragte Veronika.
Britni warf den Stift weg. Sie stand auf, ging zum Sofa und verkroch sich unter dem Federbett.
Verblüfft guckte Arning auf den weißen Haufen. „Und was bedeutet diese Antwort?“, fragte er Veronika.
„Entweder ist ihr unser Verhör zu viel geworden, oder sie hat den Mörder tatsächlich gesehen und hat Angst, etwas zu sagen.“

Arning steckte die Bilder in seine Aktentasche zurück. „Ist Ihnen sonst noch irgendwas aufgefallen?“, fragte er Veronika.
Sie erzählte ihm von Britnis Frühstücksüberraschung. „Zusammen mit den Billigklamotten würde ich vermuten, dass sie aus verwahrlosten Verhältnissen kommt. Solche Kinder müssen viel zu schnell erwachsen werden. Dabei verläuft die psychische Entwicklung meistens einseitig. Sie lernen viel zu früh, Verantwortung zu übernehmen, aber auf anderen Ebenen bleiben sie im Kindesalter stecken.“
„Das würde erklären, warum sie sich gerade benimmt wie mein dreijähriger Enkel“, sagte Arning.
Er lächelte, und Veronika erwiderte dieses Lächeln. Sie begleitete ihn zur Tür.
Im Türrahmen drehte er sich noch einmal um: „Übrigens, am Freitag wollte ich dich nicht beleidigen. Ich wusste wirklich nicht, was ich mit dir machen sollte. Aber jetzt ...“
Veronika unterbrach ihn. Sie wollte keine Dankesworte hören. Sein Du war ihr Belohnung genug. „Ist schon okay“, sagte sie.
Er stutzte. Dann lächelte er verlegen. „Na ja, unter Kollegen sagt man nun mal nicht Sie.“

14

Am Nachmittag war Veronika mit Britni zum Mercado gegangen, um mit dem Fahrstuhl nach oben zu fahren, wie sie es versprochen hatte. Sie hatte den Eindruck, dass dem Mädchen dieser Ausflug gefiel. Mit stummer Neugier betrachtete es die Schaufenster in der Ottenser Hauptstraße. Vor einem Schmuckgeschäft blieb es lange stehen und konnte sich offenbar gar nicht losreißen. Das Geschäft betreten wollte Britni allerdings nicht. Veronika hoffte, dass die neuen Eindrücke dem Kind guttun könnten, dass sich dadurch vielleicht sogar die inneren Blockaden lösten. Wenn sie wenigstens wüsste, ob das Kind erst durch die Ereignisse in den letzten Tagen verstummt war oder schon lange unter dieser Störung litt.

Als sie auf der obersten Ebene des Einkaufszentrums standen und von dort auf das Markttreiben im Erdgeschoss herabsahen, beugte sich Britni trotz der Höhe weit über das Geländer, so weit, dass Veronika reflexartig ihre Hand ausstreckte, um sie am Arm festzuhalten. Besonders ängstlich scheinst du ja nicht zu sein, dachte sie verwundert. Und doch trug sie eine Angst in sich, die so groß war, dass sie mit Fernsehgorillas gebändigt werden musste. Vielleicht war es die Angst vor etwas ganz Konkretem.

Am nächsten Morgen rief Arning sie nach der Teamsitzung an. Von der Babysitterin zur rechten Zeit war sie offenbar zur Mitarbeiterin in der Ermittlung aufgestiegen.
Sie erfuhr, dass keine Schule und kein Jugendamt in Hamburg mit Britnis Foto etwas anfangen konnten. Ihr Büronachbar Brehm wühlte weiter in Kinderporno-Dateien, während Herbert Müller alle afghanischen Teppichhändler besuchte, die ihre Ware in der Speicherstadt lagerten. Dirk Rose und Sven Klawitter befragten nach und nach die ganze Speicherstadt.
Die bisherigen Ergebnisse fasste Arning nüchtern mit drei Worten zusammen: Alles nichts Richtiges.
Der bisher einzige Anhaltspunkt war von Sven gekommen. Er hatte einen Kellner in der Kaffeerösterei gesprochen, der das Opfer vor seinem Tod gesehen hatte. Arning schlug vor, dass Veronika mit dem Mädchen dorthin fuhr.
„Ich schick dir Sven vorbei. Er fährt euch. Du solltest dich mit der Kleinen lieber nicht im öffentlichen Verkehr herumtreiben."
Schon nach einer halben Stunde war der Kollege da. Wie immer platzierte er Britni auf dem Beifahrersitz. Auf dieser Fahrt guckte sie schon etwas interessierter aus dem Fenster.
Veronika hatte von ihrem Kollegen zwei Kopien des Fahndungsfotos erhalten. Der Fotograf hatte das Foto nicht am Tatort aufgenommen, sondern vor der Obduktion. Das Gesicht war gesäubert, der Hals nicht mehr

verdreht, die Augen waren geschlossen. Der junge Mann hatte wenig Auffälliges, außer vielleicht sein üppiges blondes Haar. Es legte sich von einem Seitenscheitel herab schräg über die Augen. Ein Friseurhaarschnitt, dachte Veronika, reif zum Nachschneiden. Sie steckte das Bild weg und hörte Sven zu. Der bemühte sich wieder einmal, die stumme Britni zum Reden zu bringen.

„Mensch, das macht doch überhaupt keinen Spaß, den ganzen Tag nix sagen. Also, ich würde das nicht durchhalten. Nicht mal 'ne Stunde. Da fällt mir ein, du willst ja Britni heißen. Dann sag mir doch mal, was findest du denn so toll an Britney Spears?"

Britni sah weiter interessiert durch die Frontscheibe.

„Ich meine, genau genommen siehst du ihr ja schon ein bisschen ähnlich", fuhr Sven fort. „Blonde Haare, blasses Gesicht und so. Aber diese Britney Spears, die ist doch in Wirklichkeit eine Flasche. Ich meine, was die sich in letzter Zeit alles geleistet hat. Ich wette, du hast viel mehr drauf. Du hast Charakter, das sieht man sofort. Ganz anders als diese Spears, diese Null."

Veronika traute ihren Augen kaum. Britni lächelte. Ein richtiges Mädchenlächeln, belustigt und sogar ein bisschen kokett.

Sie näherten sich gerade der Alsterbrücke. Sven hatte den nördlichen Weg genommen, über den man direkt in die östliche Speicherstadt kam.

Zu ihrer Rechten breitete sich nun das Uferpanorama am Jungfernstieg aus, die Fontäne mitten auf dem See sprühte ihre Wasserschleier gen Himmel. Dahinter bildeten die

hundertjährigen Kaufhäuser mit ihren Stuckfassaden die beliebteste Postkartenkulisse von Hamburg.
Sven nutzte seine Chance für einen neuen Gute-Laune-Angriff.
„Guck dir das an, Britni“, rief er aus. „Ist das nicht ein herrlicher Anblick, viel schöner als Los Angeles, wo diese Spears wohnt.“
Aber diesmal lächelte Britni nicht. Sie schaute nach rechts aus dem Fenster und betrachtete Hamburgs Vorzeigeansicht stumm. Im Grunde war sie in diesem Moment nur genauso sprachlos, wie es ein Tourist sein könnte, der zum ersten Mal über die Alster fuhr.
„Hast du das noch nie gesehen, Britni?“, fragte Veronika.
Wenn sie sich nicht täuschte, schüttelte das Mädchen jetzt den Kopf, auch wenn es nur eine sehr leichte Bewegung war. Veronika entging nicht, dass ihr Kollege die Reaktion mit der gleichen Aufmerksamkeit beobachtete wie sie. Dieses Kopfschütteln konnte heißen, dass das Mädchen gar nicht aus Hamburg war. Das ergab einen völlig neuen Ansatzpunkt.
„Hör mal, Sven, kannst du uns zum Bahnhof fahren?“
„Aber der Alte hat doch gesagt, ihr sollt in die Speicherstadt.“
„Da werden wir schon noch hinkommen.“
„Ich kann euch aber nicht den ganzen Tag durch die Gegend fahren. Ich hab noch eine Menge Zeug auf dem Zettel.“
„Keine Sorge, wir kriegen das schon alleine hin.“

Sven stellte seinen Wagen auf dem Parkplatz vor dem Bahnhof ab und stieg mit ihnen aus. „Wir könnten ja noch was zusammen essen“, sagte er und straffte die Jacke über seinem Fußballbauch. „Ich geh hier immer zu McDonald's. Kommt ihr mit?“
Veronika schüttelte angewidert den Kopf.
„Da ist doch alles voll von Geschmacksverstärkern.“
„Das finde ich grade gut“, antwortete Sven, und Britni lächelte wieder ein bisschen.
Sven beugte sich zu ihr: „Du würdest doch bestimmt auch gern zu McDonald's essen gehen, oder?“
Während Sven Klawitter zwei Hamburger und einen Berg Pommes mit langen Schlangen aus Mayonnaise und Ketchup verzierte, knabberte Veronika an einem geschmacksfreien Salatblatt.
Ihr Kollege biss so herzhaft in seinen ersten Burger, als hätte er noch nie etwas über die zellschädigende Wirkung von Glutamat und gesättigten Fettsäuren gehört, und auch nichts davon, dass der reale Nährwert dieses Zeugs kaum höher war als der ihres Salates. Der Rest wanderte direkt auf den Fußballbauch. Aber sie behielt ihren Vortrag für sich. Nicht mal ihr Gesundheitsbewusstsein gab ihr das Recht, Britni die gute Laune zu verderben.
Und die widmete sich gerade hingebungsvoll ihrer Portion Pommes, die sie nach Svens Vorbild zweifarbig mit Mayo und Ketchup verziert hatte.
Sven setzte seine Unterhaltung mit ihr fort, gerade so, als würde die Tatsache, dass sie selbst nie ein Wort sagte, gar nicht existieren.

„Weißt du, ich will das ja alles gar nicht so genau wissen. Aber wenn meine Kollegin Veronika mich auf den Bahnhof fahren lässt, dann denkt sie wahrscheinlich, du bist ganz neu hier in Hamburg. Und sie denkt sicher auch daran, dass die meisten Kinder, die ohne ihre Eltern hierher fahren, mit dem Zug kommen. War das bei dir vielleicht auch so?"
Britni sah ihn zwar nicht an, dafür war sie viel zu sehr mit ihren Pommes beschäftigt, aber sie nickte. Das Nicken war sogar deutlicher als das kaum sichtbare Kopfschütteln im Auto.
Sven zwinkerte Veronika zu. „Sieh mal an, meine Kollegin ist gar keine schlechte Ermittlerin."
Mit vollen Backen kaute er eine Weile vor sich hin.
„Jetzt müssen wir nur noch wissen", überlegte er laut, „wieso du den Onkel getroffen hast, den wir gestern Morgen gefunden haben. Und vor allem, woher er kam."
Britni konzentrierte sich wieder ganz auf ihren Teller, und Sven sagte eine Weile gar nichts mehr, sondern kaute gedankenversunken vor sich hin.
Einen Moment lang dachte Veronika, dass sie von außen betrachtet wohl aussahen wie eine Familie. Der gutmütige Papa, der vor lauter Fresslust zu früh aus der Form ging, die Ehefrau, die mit gesunder Ernährung tapfer dagegen hielt, und zwischen beiden eine zickige Tochter am Beginn der Pubertät. Eigentlich ein sehr gewöhnlicher Anblick. Für Sven Klawitter war es Alltag, nur bei ihr, Veronika, wollte sich dieser scheinbar normale Lauf der Dinge nicht ergeben.

Eine Bewegung von Britni riss sie aus ihren Gedanken. Das Mädchen hatte sich die Hände an einer Serviette abgewischt und langte jetzt in eine Tasche ihres dünnen Anoraks. Sie schien etwas zu suchen.
Veronika stieß Sven an. Mit vollen Backen beobachtete er die Bewegungen des Mädchens. Es durchsuchte zuerst die beiden Seitentaschen und dann die linke Brusttasche.
Vielleicht denkt sie, sie muss bezahlen, überlegte Veronika. Sie wusste nicht einmal, ob das Mädchen Geld bei sich hatte. Sie hatte das Kind zwar von zwei verschiedenen Ärzten untersuchen lassen, aber sie war nie auf die Idee gekommen nachzusehen, was es in seinen Taschen mit sich trug.
Das war ein grober Fehler. Erschrocken beobachtete sie nun, wie Britni in der rechten Innentasche ihrer Jacke etwas ertastete und herauszog: ein zusammengefaltetes Stück Papier. Sie hielt es Sven hin.
An dessen Händen klebten noch Ketchup und Mayonnaise, und so nahm Veronika den Zettel und faltete ihn auseinander. Es war eine Quittung über 36 Euro für zwei Übernachtungen mit Frühstück, ausgestellt vom Seemannsheim am Michel. Auf der Rückseite war eine Zeichnung, die wie eine Wegbeschreibung aussah. Straßen und Pfeile und ein kleines Schiff. Mit zitternden Fingern reichte Veronika das Indiz an Sven weiter. Der sah mit einem Mal aus, als wolle sein Magen zwei Hamburger und eine Riesenportion Pommes zurück auf den Tisch schleudern. „Und wir trampeln tagelang

sinnlos in der Speicherstadt herum“, stöhnte er. „Hast du ihre Klamotten etwa nicht untersucht?“

Veronika schüttelte den Kopf, sprachlos über ihre eigene Unfähigkeit.

„Oh, Mann“, stöhnte Sven. „Aber ich bin ja auch nicht drauf gekommen.“

Während er sprach, tippte er schon eine Nummer in sein Handy. „Gisbert, hör zu. Wir haben da etwas gefunden ... in der Jacke der Kleinen ... eine Hotelquittung.“

Veronika konnte die Stimme ihres Chefs noch aus einem Meter Entfernung durch das Handy hören.

„Wieso erst jetzt? Das ist Polizeigrundausbildung!“

Britni starrte Sven an. Die Fröhlichkeit war aus ihrem Gesicht verschwunden. Wahrscheinlich denkt sie jetzt, sie hat etwas falsch gemacht, dachte Veronika. Sven lachte ihr zu: „Das ist nur die Freude, Britni. Der Kommissar brüllt so laut, weil er sich so über diesen Zettel freut. Das hast du super gemacht!“

Sven zeigte ihr einen erhobenen Daumen, dann ging er davon, das Handy immer noch am Ohr.

Er hinterließ eine spürbare Stille.

„Das hast du wirklich super gemacht, Britni“, wiederholte Veronika, aber das Mädchen sah nicht mal hoch. Es blickte auf seine restlichen Pommes, als überlege es, warum die plötzlich nicht mehr schmeckten.

Veronika nahm eins der gelben fettigen Stäbchen in die Hand und tauchte es tief in den Mayo-Klecks. „Mhm, lecker“, behauptete sie. Es war eine schlechte, unglaubwürdige Lüge. Über Britnis Gesicht huschte trotzdem der Anflug eines Lächelns, und sie widmete sich dem verbliebenen Rest ihrer Pommes.

Veronika sah zu, bis der Pappteller leer war, bevor sie ihre Frage stellte.

„Als du hier auf dem Bahnhof warst, hast du da schon den Mann getroffen, bei dem wir dich gefunden haben?"

Britni schüttelte den Kopf.

„Und kannst du mir zeigen, wohin du als Erstes gegangen bist?"

Ohne zu zögern lief Britni los. Veronika folgte ihr, neugierig, wohin es jetzt gehen würde.

15

Nach einem langen Fußmarsch erreichten sie die Speicherstadt. Wenn Britni wirklich denselben Weg genommen hatte wie an jenem Tag, als sie angekommen war, dann war sie vom Bahnhof in die Speicherstadt gegangen, indem sie einem weißen Hinweisschild mit der Aufschrift „Freihafen" gefolgt war. Gleich auf der Mönckebergstraße hinter dem Bahnhof war es zum ersten Mal aufgetaucht.

Veronika suchte nach einer Erklärung. Britni war zwölf, also noch im „magischen" Alter. Das Alter, in dem die meisten Bücher von Jules Verne oder Karl May gelesen werden. Das Alter, in dem viele kindliche Helden auch sind, Pippi Langstrumpf, Bastian aus der „Unendlichen Geschichte" und natürlich Harry Potter. Dass Britni magische Geschichten liebte, hatte sie auch mit ihrer Fernsehwahl am Vortag bewiesen. Für ein Kind, dessen Kopf voller Phantasien war, konnte ein Schild, das den Weg zu einem „Freihafen" wies, schon etwas Verlockendes sein. Wenn allein dieses Schild der Grund für ihren ersten Weg durch die Stadt war, würde das allerdings auch bedeuten, dass Britni gar nicht gewusst hatte, wohin sie wollte.

Inzwischen waren sie am Brooktorkai angekommen, die Straße trennte die historische Speicherstadt von der neuen HafenCity. Veronika folgte Britni nach rechts über die Fleetbrücke. Das Mädchen ging zielstrebig bis zum Ende der Straße und blieb vor dem Museum stehen, das der Blindenverein hier errichtet hatte. „Dialog im Dunkeln“ stand mit großen schwarzen Buchstaben auf rotem Untergrund, und darunter waren in Reliefhervorhebungen die Punkte der Braille-Schrift auf die Fassade gesetzt. Als könnte ein blinder Riese vorbeikommen und die Buchstaben mit seinen Fingerkuppen ertasten.

Was will sie denn hier, fragte sich Veronika. Sie erklärte dem Mädchen, dass in diesem Museum alles dunkel war.

„Man soll sich so fühlen, als wäre man blind“, erzählte sie dem Mädchen. „Man kann nur hören, riechen und tasten. Man sieht nichts. Und man wird nicht gesehen.“

Sie hatte gedacht, dass ihre Beschreibung dem Mädchen Angst machen würde. Doch als wäre sie jetzt erst recht neugierig geworden, ging Britni durch den Eingang ins Foyer.

„Wir können da jetzt nicht rein“, sagte Veronika. „Wir müssen zur Kaffeerösterei. Außerdem muss man sich hier vorher anmelden.“

Britni setzte sich auf eine Bank. Wahrscheinlich war sie müde vom vielen Laufen, und wie alle Kinder, die zu viel gelaufen waren, hatte sie jetzt schlechte Laune. Veronika versuchte sie zu überreden, doch die Kleine schüttelte den Kopf.

„Willst du eine Cola?“, fragte Veronika, obwohl sie von Cola so viel wie von Hamburgern hielt.
Britni wollte Cola, was sie mit einem Nicken zu verstehen gab. Veronika blieb neben ihr sitzen, bis sie ausgetrunken hatte.
Endlich konnten sie weitergehen. Sie erreichten den Torbogen, den Ort, wo das Mädchen vor drei Tagen bei dem Toten gefunden worden war.
Veronika wollte sich den Tatort noch einmal ansehen, doch Britni sträubte sich, sie nahm sogar Veronikas Hand, um sie am Weitergehen zu hindern.
Veronika kniete sich vor dem Mädchen nieder.
„Ich will mir nur noch einmal die Stelle angucken. Vielleicht haben wir ja etwas übersehen. Es dauert bestimmt nicht lange. Du musst vor nichts Angst haben, es ist ja alles vorbei.“
Veronika fasste Britni an der Hand, das Mädchen ließ es zum ersten Mal zu. Als sie durch die Gewölbe gingen, hallten ihre Schritte leise von den Backsteinwänden wider.
Der Tatort war noch immer mit rotweißen Bändern abgesperrt, und die Kreidemarkierung am Fuß der Treppe hielt die verdrehte Lage des Toten fest.
Veronika hob die Absperrung hoch und stieg hinab.
„Komisch, es gibt nicht mal eine Luke, die von hier in einen Keller geht“, überlegte sie laut.
Sie erinnerte sich an einen ihrer Ex-Freunde, einen jungen Architekten, der während eines Spaziergangs sein ganzes Wissen über die Speicherstadt vor ihr ausge-

breitet hatte. Die Lagerhäuser waren im Zweiten Weltkrieg stark beschädigt worden. Beim Wiederaufbau hatte man sich weitgehend an die originalen Baupläne gehalten, aber ein paar Details waren auch neu. Vielleicht stammten die Treppengänge noch von dem Originalgebäude und man hatte die Keller jetzt anders angelegt, so dass die Treppen keine Funktion mehr hatten. Die Kellerluken waren einfach zugemauert worden. Von oben sah man das nicht sofort. Schon gar nicht, wenn es dunkel war.

„Der Mann ist vielleicht hier heruntergelaufen, weil er gehofft hat, er könnte sich in einem Keller verstecken", setzte Veronika ihr Selbstgespräch fort. Sie wollte, dass Britni es hörte. Das Mädchen stand am oberen Ende der Treppe, ihr blasses Gesicht schwebte vor dem blauen Himmelsviereck, das zwischen den Wänden des Hofes hing.

Plötzlich rannte sie davon. Veronika sprang die Treppe hinauf, aber Britni war nicht mehr auf dem Hof. Sie lief zum Ausgang Richtung Zollkanal, aber da war die Kleine auch nicht. Sie rannte zurück, durchquerte den Hof und lief zur anderen Seite hinaus. Dort war ein Fleet, am anderen Ufer eine weitere Aneinanderreihung von Lagerhäusern. Von dem Mädchen war nichts zu sehen. Veronika lief nach rechts und landete wieder auf dem Brook, der am Zollkanal entlangführte. Ihr Blick suchte die endlosen Fassaden der Speicherhäuser ab, das Kind war nicht da. Sie rannte den Pickhuben zurück und blieb auf der Brücke vor dem Kleinen Fleet stehen.

Von hier aus ging es in vier Richtungen. Sie musste sich zwischen drei Brücken und einem Kaiufer entscheiden. Ratlos schaute sie sich um. Mörder kehren an den Ort der Tat zurück, durchfuhr es Veronika plötzlich. Was, wenn der Täter gerade jetzt auf seinem Nostalgieausflug war?

„Britni!“, schrie Veronika. Sie fühlte eine Berührung im Rücken und fuhr herum. Das Mädchen sah zu ihr auf, den Hauch eines Lächelns im Gesicht.

„Mein Gott, wo warst du denn?“

Britni drehte sich um und ging vor Veronika bis zum Anfang der Pickhubenbrücke. Sie schob sich durch das Eisengeländer und verschwand unter dem Brückengemäuer.

Veronika konnte nicht hinterher, sie passte nicht durch das Gitter.

Sie musste sich sehr weit über das Geländer beugen, um den Haarschopf des Mädchens sehen zu können. Britni hockte auf einem kleinen Mauervorsprung unter der Brücke und hielt sich an einem Eisenhaken fest. Bei Dunkelheit musste sie dort so gut wie unsichtbar gewesen sein.

Veronika half ihr, wieder hervorzukommen.

„Und hier hast du dich vor dem Mörder versteckt?“

Das Mädchen nickte.

„Du bist ganz schön mutig“, sagte Veronika. „Weißt du das?“

Britni drehte sich um, als wolle sie so etwas nicht hören. Sie klammerte sich an die Eisenstäbe des Geländers, als habe sie Angst bekommen, sie könnte jetzt, wo alles vorbei war, doch noch hinunterfallen. Unter ihr floss das Fleetwasser schwarz und träge durch sein Becken.

16

Endlich sahen sie den alten Holzwagen, auf dem sich die großen Jutesäcke türmten. Er stand vor der Kaffeerösterei als Symbol für eine der wichtigsten Lagerwaren der Speicherstadt, die Kaffeebohne. Sie war hier nicht nur gelagert, sondern auch geröstet worden. Zwar sprach man immer von den Hamburger Pfeffersäcken, doch die hätten genauso gut Kaffeesäcke heißen können. Zumindest hatte die braune Bohne einen entscheidenden Anteil am Wachstum der Hansestadt, und das Museum, das gleichzeitig ein Café war, wollte an diesen Teil der Hafengeschichte erinnern.

Veronika ging gleich zum Ausschank aus dunklem poliertem Holz und bat Britni, sich schon mal einen Platz zu suchen. Das Mädchen lief an den Jutesäcken vorbei, die an einer Wand aufgeschichtet waren. Daneben standen alte Holzschränke mit vielen Fächern, auf denen mit Pinsel die Namen von Kaffeeländern geschrieben waren: Kenia, Brasilien, Costa Rica, Hawaii ...

Britni ging weiter bis zu einem alten Kaffeeausschank. Ein schweres Seil war davor gespannt, um das Museumsstück anzuzeigen. Das Mädchen setzte sich an einen Tisch vor diesem Seil.

Endlich kam der Barkeeper, um Veronikas Bestellung aufzunehmen, er hatte einen starken spanischen

Akzent und sah wie ein Chilene oder Peruaner aus. Er kassierte sie ab und gab ihre Bestellung dann an seinen Kollegen weiter. Der schlanke junge Mann mit den geschwungenen Augenbrauen konnte gut aus einem arabischen Land sein, und im Restaurant sah Veronika noch ein schlankes Mädchen, dessen dunkle Hautfarbe die afrikanische Herkunft verriet. Das sieht ja aus, als würden hier nur Servicekräfte eingestellt, die aus einem Kaffeeland kommen, wunderte sich Veronika. Der junge Araber widmete sich dem Milchaufschäumen mit viel Ruhe. Veronika nutzte die Zeit und zog das Foto des Opfers aus der Tasche.

„Haben Sie den schon mal gesehen?", fragte sie den Lateinamerikaner.

Er nickte.

„Ja. War vor ein paar Tagen auch hier. Was ist passiert?"

„Alles, was wir über ihn erfahren können, wäre uns wichtig."

„Sie sind von Polizei?"

Veronika hätte längst einen Ausweis vorzeigen müssen. Irgendwie war das nicht ihr Tag heute. Sie holte den Ausweis nachträglich heraus.

„Woran können Sie sich erinnern?"

„Ich hab abkassiert, ja. Es war Sonntag. Und sind immer viele Leute. Aber, doch, er war anders. Er hat mich auf Spanisch gesprochen. Und das war lustig. Sind nicht viele in Deutschland, die versuchen spanisch sprechen."

„Wie war sein Spanisch?“
„Es war gut, ja. Ganz gut. Aber ich hab gehört, dass er deutsch ist. Und gesehen auch.“
„Erinnern Sie sich an noch etwas?“
„Ja, er war mit ein kleines Mädchen da.“
Veronika deutete in Britnis Richtung.
„Ja, genau die. Sie sitzt sogar an selbe Tisch.“
„Hat der Mann mit dem Mädchen geredet?“
„Ja, doch. Er hat gefragt, was sie haben will, und sie hat gesagt.“
„Wann war das?“
„Oh, spät. Sie waren, bis wir Schluss gemacht haben.“
Das Café schloss um 18 Uhr, etwa drei Stunden vor der Tat.
„Sie wissen nicht zufällig, was sie dann gemacht haben?“
„Nee, weiß nich. Vielleicht zur Eisenbahn. Die hat auf bis neun.“
Über der Kaffeerösterei befand sich die größte Modelleisenbahnanlage Europas, das Miniatur Wunderland. Veronika hatte gehört, dass man dort auffallend viele Väter mit ihren Kindern sah. Vielleicht war ja auch der fremde Mann mit Britni dort hingegangen.
Endlich stellte der Araber ein Tablett mit zwei dampfenden, braunweiß gefüllten Gläsern auf die Theke. Veronika bedankte sich und wollte schon los, als der Kassierer fragte: „Können Sie mir ein Papier geben, dass ich kooperativ war mit Polizei? Ist schwer, um hierbleiben zu können. Vielleicht hilft so Zettel.“

„Ich glaube, da kann ich nichts machen", sagte Veronika bedauernd und bahnte sich ihren Weg durch die Tische. Hinter sich hörte sie ein leises „mierda".

Britni sah bedrückt aus, als sie ihren Kakao schlürfte. Vielleicht dachte sie an den Nachmittag, den sie mit dem fremden Mann hier verbracht hatte, oder vielleicht sogar daran, wie er gestorben war, während sie hilflos neben ihm saß.
Veronika überlegte, sie danach zu fragen. Dann aber dachte sie, dass die Gefühle, die das Mädchen durchleben musste, wahrscheinlich noch zu heftig waren, und dass Worte, die das Schreckliche benannten, noch viel zu sehr wehtun würden.
Sie ließ ein paar Minuten vergehen, bis sie das Gefühl hatte, dass sich die Anspannung, die von Britni ausging, allmählich löste.
Sie holte einen Block und einen Stift aus ihrer Tasche und sagte: „Der Kellner hat dich am Sonntag mit dem Mann hier gesehen. Und er hat auch gesehen, dass du noch gesprochen hast. Worüber habt ihr euch denn unterhalten?"
Sie schob Britni den Block und den Stift hin.
Das Mädchen ließ sich viel Zeit, bevor sie nachlässig ein paar Striche über das Papier zog. Die Skizze zeigte ein Schiff.
„Der Mann war mal auf einem Schiff und hat dir davon erzählt", versuchte Veronika es mit einer Interpretation.
Das Mädchen nickte.

Veronikas Handy klingelte. Das war sicher Arning, der auf Informationen von ihr wartete. Sie hatte zwar nur Details herausbekommen, aber vielleicht konnte sich der Chef ja etwas zusammenreimen. Endlich hatte sie ihr Telefon in der Handtasche gefunden und klappte es auf.

„Veronika Dorn."

„Stör ich gerade?"

Das war nicht Arning. Es war Hermann, der junge Architekt, mit dem sie mal zusammen gewesen war. Den altmodischen Namen hatte er seinem Vater zu verdanken, einem Offizier.

„So ein Zufall, ich hab vor ein paar Minuten an dich gedacht", sagte Veronika. „Ich bin in der Speicherstadt, in der Kaffeerösterei."

„Nein, wirklich!", kam es von Hermann zurück. „Da sind wir uns ja ganz nah. Ich bin gleich nebenan in der HafenCity."

„Was machst du denn da?"

„Wir feiern Grundsteinlegung. Es ist total irre, Vroni. Ich hab einen Wettbewerb gewonnen!"

Er war der Einzige, der Vroni zu ihr sagen durfte, auch wenn sie sich nur noch alle halbe Jahre sahen. Veronika fand, dass er einen Ausgleich zu seinem furchtbaren Namen verdiente.

„Gratuliere!", sagte sie.

„Willst du nicht vorbeikommen? Wir stehen hier auf einer Betonplatte und saufen eine Kiste Sekt leer."

„Ich hab grad ein Kind bei mir."

„Wie das denn? So schnell?"
„Längere Geschichte."
„Sollen wir nicht mal wieder essen gehen?"
Veronika hatte zu fast allen Ex-Freunden ein gutes Verhältnis. Mit dem einen konnte sie ihre Probleme besprechen, mit einem anderen ging sie ins Kino, mit Hermann ging sie essen.
„Zur Zeit kann ich abends nicht weg. Aber das wird auch nicht ewig dauern. Ich ruf dich an, wenn es wieder geht."
„Versprochen?"
„Ja."
Sie klappte das Handy zu und starrte einen Moment abwesend in die Luft. Mit Hermann erlebte sie immer wieder die verrücktesten Zufälle. Es war schon vorgekommen, dass sie sich mehrere Monate nicht gesehen hatten, und dann hatte sie eines Nachts von ihm geträumt und ihn am nächsten Morgen auf der Straße getroffen. Gerade war es ähnlich gewesen. Solche Ereignisse brachten sie dazu, an geistigen Magnetismus zu glauben.
Sie sah nach ihrem Schützling. Auch Britni starrte etwas entrückt in den Raum. Das lag an einem neuen Gast, der sich gerade seinen Weg durch den Raum bahnte, ein alter Mann mit einem weißen Blindenstock. Er tastete sich an den Stuhl- und Tischbeinen entlang. Sein schlecht rasiertes Gesicht zitterte, umso mehr fielen die reglosen Glasaugen auf. Mit klackenden Geräuschen kam er näher. Er schien denselben

Stammplatz zu haben wie Britni. Jedenfalls schlug er mit seinem Stock an ihren Fuß und sagte dann: „Oh, besetzt. Na, dann geh ich hierher."
Gebannt beobachtete Britni, wie sich der Blinde schwerfällig am Nebentisch niederließ, seinen Teleskopstock einfuhr und den Reißverschluss seiner Jacke in mehreren Etappen aufzippelte. Dann schleuderte er seine Hand in die Höhe und rief: „Mauritzijo!"
Der Kassierer drehte sich zu ihm: „Si, Señor", rief er durch die Halle.
„Wie immer", brummte der Blinde.
Nach nicht mal einer Minute kam Mauricio mit einem Tablett, auf dem ein Kännchen Tee und ein Glas Schnaps standen.
Der Blinde tastete sich in dem Geschirr zurecht, rührte Kandiszucker in die Tasse, nahm einen Schluck, lehnte sich dann zurück und streckte mit einem lauten Seufzer die Beine aus, die Glasaugen in eine unsichtbare Ferne gerichtet.
„Feierabend, Señor Petersen?", rief Mauricio, der schon wieder hinter seiner Kasse stand, um auf die Kundschaft zu warten, die nicht kommen wollte.
„Jou, min Jung", antwortete der Blinde. „Zwei Führungen am Tach reichen für so'n alten Mann wie mich."
Britni ließ ihren Blick nicht eine Sekunde von Herrn Petersen. Sie saß aufrecht wie eine Ballettschülerin, dasselbe Mädchen, das sich in den letzten drei Tagen still und krumm auf den Stühlen herumgedrückt hatte.

Für Veronika war das Grund genug, ein Gespräch mit dem fremden Mann zu beginnen.
„Arbeiten Sie im Blindenmuseum?“, fragte sie aufs Geratewohl.
Der Mann reckte seinen grauen, zerzausten Lockenkopf in die Luft und wandte sein Gesicht dann halb in ihre Richtung.
„So isses wohl“, sagte er. „Heißt aber nich so. ‚Dialog im Dunkeln‘ is richtig. Ich wollt ja lieber ins Historische. Aber da haben sie behauptet, sie brauchen niemand. Wer’s glaubt.“ Er nahm einen Schluck Tee. „Die wollten bloß keinen Blinden. Dabei hätt’ ich denen was erzählen können.“
Nach einer weiteren Trinkpause erklärte er: „Bin schließlich nich blind auf die Welt gekommen.“
„Wie ist es denn passiert?“, fragte Veronika. Ihr voriger Beruf hatte sie ziemlich hemmungslos gemacht, was persönliche Fragen anging. Ihrer Erfahrung nach warteten die meisten Menschen nur darauf, dass sich jemand für sie interessierte.
So wie der alte Mann, der bereitwillig antwortete: „Auf’m Schiff.“
Britnis Augen wurden noch größer.
„Eins von den letzten Dampfschiffen, die überhaupt noch rumgeschippert sind. Kesselexplosion. Gab keine Toten zum Glück. Nur bei mir isses eben voll ins Auge gegangen.“
Er lachte heiser. Zwischen violettroten Lippen unter einem struppigen Bart blinkten goldene Zahnkronen.

„Und seitdem arbeiten Sie in der Speicherstadt?“, fragte Veronika.
Sein Mund verzog sich zu einem breiten Grinsen, sodass die Glasaugen noch starrer wirkten. „Neeee, hier gab’s ja nix mehr zu tun.“ Eine halbe Minute grinste er still vor sich hin, dann hob er wieder seinen Glasaugenblick und stellte fest: „So schön dat hier mit der Speicherstadt is, aber eigentlich is das ganze Ding ja ein schlechter Witz.“
Er grinste weiter.
„Entschuldigen Sie“, erwiderte Veronika. „Aber es gibt auf der ganzen Welt keinen Hafenkomplex, der so groß und so alt wie die Speicherstadt ist, zumindest keinen, der auf Holzpfählen steht. Und das wollen Sie als Witz bezeichnen?“
Der Blinde ließ seine Zahnkronen blinken. „Du schnackst wie’n Reiseführer. Aber wenn wir überhaupt irgendwo sitzen, dann sitzen wir hier auf’m Henkersplatz.“
„Bitte?“ Veronika sah besorgt zu Britni. Aber das Mädchen verfolgte das nervöse Zucken auf dem Gesicht des Blinden eher mit Begeisterung als mit Angst.
„Hier haben sie Tausende von armen Schluckern geköpft. Kleine Taschendiebe und große Rebellen. So was wie Störtebeker und seine Leute. Hast du doch schon von gehört, oder? Robin Hood der Meere und so. Der hat die Hamburger Pfeffersäcke einfach ausgeraubt und ermordet.“

Herr Petersen lachte schadenfroh. „Und als sie ihn dran hatten, hat er mit seinen Henkern gewettet. Dass er noch laufen kann, wenn er ’nen Kopf kürzer ist. Die Männer, wo er dran vorbeikommt, sollten freigelassen werden. Der is wirklich übern Platz marschiert wie’n geköpftes Huhn.“

Er stieß wieder sein heiseres Lachen aus. Veronika flüsterte Britni zu, wenn sie wolle, könnte sie den Mann bitten, mit seinen Erzählungen aufzuhören. Aber das Mädchen schüttelte den Kopf.

„Lass sie doch. Kinder von heute sind schlimmere Geschichten gewohnt“, sagte der Blinde.

Das Ertasten eines Mädchenfußes hatte ihm anscheinend genügt, um zu wissen, dass ein Kind am Nachbartisch saß. Oder konnte er das an ihrem Atem erkennen oder an ihrem Geruch? Veronika hätte ihn gern danach gefragt, aber der Alte war viel zu sehr mit seiner Piratenlegende beschäftigt.

„Elf Männer hat er geschafft“, erzählte er weiter und beugte sich dabei in die Richtung des Mädchens. „Und er hätte auch noch mehr geschafft, hätte ihm nich einer ’nen Block vor die Beine geworfen. Da ist er denn hingefallen ohne seine Rübe. Und die elf Männer, die haben sie trotzdem geköpft. Die Schweinerei hat sich nur ein paar Meter von hier abgespielt. Da drüben ungefähr.“

Der Blinde schwang seinen Arm Richtung Ausgangstür. Gerade war jemand hereingekommen, und die breiten hölzernen Schwingtüren pendelten aneinander vorbei.

„Und damit die kleinen Leute Angst kriegen, haben sie die Piratenköpfe auf die Zaunlatten genagelt. Äääh."
Er verzog sein Gesicht zu einer Grimasse.
„Sie reden, als wären Sie dabei gewesen", sagte Veronika.
„Wohl kaum. Vor sechshundert Jahren."
Er hob sein Schnapsglas. „Auf die Gerechten dieser Welt", rief er in das Café.
„Prost", sagte Veronika.
Der Alte schob sein Ohr in Britnis Richtung. „Bisschen still die Kleine."
„Sie spricht nicht", erklärte Veronika ihm. „Seit ein paar Tagen."
Herr Petersen kippte den Schnaps runter. Dann richtete er seine Glasaugen auf das Mädchen, das nur eine Armlänge von ihm entfernt saß, und sagte: „Du wirst schon wieder anfangen, wenn's not tut."
Er tastete nach seiner Teekanne und der Tasse und schenkte sich ein. Ein Teil des Teestrahls ging daneben. Britni stand auf, rückte die Tasse in die richtige Position und setzte sich wieder hin.
„Danke", murmelte der Blinde. Veronika staunte schon wieder über dieses zwölfjährige Kind. Es ließ sich offenbar von nichts so sehr leiten, wie von der einfachen Logik des Notwendigen. Ein Handgriff wurde gebraucht, sie leistete ihn.
Herr Petersen räusperte sich, um zu einer neuen Erzählung anzusetzen.

„Nee, Störtebeker hab ich nich gekannt, aber meine Oma is noch in so ’nem feinen Haus auf’m Grasbrook geboren.“

„Ich versteh nicht …“

„Na, das ist doch der Witz von deinem weltweit einzigen Hafenblabla. Bis vor gut hundert Jahren gab’s hier gar keine Lagerhäuser. Erstmal haben sich hier die reichsten Pfeffersäcke von Hamburg ihre Wasserschlösser gebaut. Also keine richtigen Paläste, sondern …“

Er holte tief Luft: „Palääähs“, machte er. „Na, so feine Bürgerbauten eben. Warste nich mal in Amsterdam? Da stehen die doch noch.“

„Sind die nicht aus dem 17. Jahrhundert?“

„Na, waren die hier ja auch! Aber dann war es den Herrschaften nich mehr fein genug an der Elbe, und sie sind an die Alster gezogen. Und dann kamen hier die einfachen Leute. Wo früher eine Familie gewohnt hat, da zogen jetzt zwölf ein. Und dann, als die sich das grade wieder gemütlich gemacht hatten, da ist den Pfeffersäcken schon wieder was Neues eingefallen. Da haben die sich das Ding mit dem Freihafen ausbaldowert. Nur damit die Kaffeehändler ihre Bohnen zollfrei rösten konnten, haben sie den kompletten Stadtteil auf’m Grasbrook abgerissen. Einfach weg. Bamm.“

Er ließ eine Schweigeminute entstehen. Und fuhr dann genauso laut fort, wie er geendet hatte: „Und was die Geschlossenheit angeht, ja, was glaubst du wohl, warum das so aussieht wie im Bilderbuch? Wenn man ein

Wohnviertel, das über dreihundert Jahre gewachsen ist, in einem Jahr plattmacht, da kann man natürlich was Geschlossenes drauf bauen."
Er lehnte sich zurück, und im Licht der Kaffeehauslampen begannen seine Glasaugen zu funkeln.
„Ich geb dir ja recht", sagte er. „Soweit ich mich erinnern kann, sieht's wunderschön aus."
Er hob seine rechte Hand, eine kräftige, behaarte Zupackhand, und formte Häuser in die Luft. „Roter Backstein, große Fenster. Alles schön regelmäßig. Tausendfünfhundert Meter lang, immer das Gleiche. Nur die Stockwerke manchmal mit Weiß abgesetzt. Hier und da mal ein Vorsprung. Aber ganz sparsam. Kein Tüttelkram. Nur ganz oben stechen die schönen spitzen Giebel in den Himmel. Da is die Winde hinter, für den Lastenaufzug. Und oben drauf die grünen Kupferdächer gegen den Regen. Der einzige Kontrast zu dem vielen schönen Backsteinrot."
Er ließ seinen Arm wieder sinken. „Ja, hätt ich nix gegen, wenn ich das noch mal sehen könnte. Mauritzijo!"
„Si, Señor." Der Kellner brachte ihm einen zweiten Schnaps, den Herr Petersen gleich hinunterkippte.
„Aber das ganze Glück mit dem Freihafen hat ja eigentlich nur vierzig Jahre gehalten", fuhr er fort. „Wegen dem ersten Krieg sind sie nich mal fertig geworden. Und im zweiten, da kommen die Alliierten angeflogen und hauen das ganze Ding kurz und klein. Bumm, bumm, bumm, aaaaaaalles kaputt."

Er schüttelte den Kopf. Ein Lacher schubste sein Kinn nach oben.

„Das hätt ja nun das Ende sein können. Aber nee, der Hamburger gibt keine Ruhe. Schließlich will man ja auch nach'm Krieg wieder zollfrei lagern und Geschäfte machen. Nu is aber überall Armut und alles. Also dauert das man schön zwanzig Jahre, eh alles wieder steht. Und was passiert dann? Der Container wird erfunden. Im selben Jahr, wo sie die Speicherstadt wieder ganz fertig haben, da kommt das erste Containerschiff nach Hamburg geschippert."

Er hieb auf den Tisch und lachte sein heiseres Kesselheizerlachen.

„Nett von euch, Jungs, dass ihr die Lagerstadt wieder aufgebaut habt. Aber die brauchen wir nicht mehr. Wir lagern jetzt schon beim Transport. Is das nu ein schlechter Witz oder nicht?"

Als er sich ausgelacht hatte, richtete er seine gläsernen Augen nach oben und lauschte.

„Aber die Speicher sind doch danach schon noch eine Weile genutzt worden, oder nicht?", fragte Veronika.

„Jaaaa", erwiderte er und machte sie nach. „Schon noch eine Weile. Aber ich frag mich, wie viel das ganze Ding am Ende gebracht hat? Wahrscheinlich hat es dreimal mehr gekostet, als damit gespart worden ist. Aber die, die zahlen, und die, die den Gewinn kassieren, sind ja sowieso nie dieselben."

Er winkte ab. „Mit Logik kommt man dem sowieso nich bei. Der Hamburger is eben so. Der fährt ja auch für siebzig Euro mit'm Schiff nach Helgoland, damit er dort ein Stück Butter für fünfzig Cent billiger kaufen kann."

Inzwischen hatte der Blinde seinen dritten Schnaps getrunken und steigerte sich jetzt in sein nächstes Thema, die allgemeine Geldverschwendung in teure Bauprojekte.

„Denn nu geht das ja mit der HafenCity da drüben so weiter."

Britni hatte sich schon seit geraumer Zeit wieder ihrem Bild gewidmet. Ihr Schiff war vollständig schwarz ausgemalt. Den Vorschlag, jetzt aufzubrechen, nahm sie mit einem deutlichen Nicken an.

Und so nutzte Veronika einen Moment, als Herr Petersen zu seinem vierten Schnaps ansetzte, und erhob sich.

„War nett, sie kennenzulernen, aber wir müssen jetzt leider gehen."

„Ebenso, ebenso", sagte der Blinde. „Kommt doch mal in meine Führung. Ich bin immer Mittwoch und Donnerstag da. Bei mir kommt ihr ohne Voranmeldung rein."

Britni sah fragend zu Veronika auf.

„Machen wir. Ganz bestimmt", versicherte sie.

Dann ging sie ihrem Schützling voraus, um sich einen Weg durch das Café zu bahnen. Das hatte sich jetzt zur Kaffeezeit gut gefüllt. An den Tischen saßen vollständige Familien, gerade klappte die Schwingtür auf und ein Paar mit zwei Kindern kam herein. Als Veronika und Britni an ihnen vorbeigingen, hörten sie noch einmal die Stimme des Blinden, die sich über die Geräuschkulisse erhob.

„Bis bald, kleines Mädchen. Bis bald."

17

Veronika hatte Sven angerufen, damit er sie abholte und nach Hause fuhr. Er kam gerade vom Seemannsheim und war verärgert, weil er nicht den richtigen Pförtner angetroffen hatte und morgen noch mal kommen sollte.

Seine Versuche, Britni aufzuheitern, hatten diesmal wenig Erfolg. Sie wirkte sehr erschöpft.

Kaum hatte Veronika die Wohnung aufgeschlossen, lief Britni zum Sofa, um sich in ihrer Bettenburg zu verschanzen. Nur zum Abendessen kam sie noch einmal hervor, um danach gleich in Veronikas T-Shirt zu schlüpfen und endgültig unter den Federn zu verschwinden.

Veronika ging mit dem Telefon in die Küche und rief Arning an. Wie sie erwartet hatte, rügte er sie gewaltig wegen der Quittung in Britnis Windjacke. Sie ließ die Schelte widerspruchslos über sich ergehen. Als er fertig war, teilte er ihr mit, dass der Kinder- und Jugendnotdienst für sie angerufen hätte. Am nächsten Tag würde unerwartet ein Platz in einem geeigneten Kinderheim frei werden.

„Aber das kommt ja noch nicht in Frage für uns“, schloss er. Dann ließ er sich erzählen, was Veronika herausgefunden hatte, und schien recht zufrieden mit ihren Ergebnissen zu sein.

Nach dem Telefonat blieb Veronika in ihrer Küche und öffnete eine Flasche Rotwein. Das ständige Zusammensein mit dem Mädchen setzte ihr zu. Kinder in diesem Alter sollten toben und lachen, alles erzählen, was ihnen einfiel, Unsinn machen, aber doch nicht schweigen. Einen Tag lang dieses Schweigen anhören, dachte Veronika, das ist schlimmer als fünf Therapiesitzungen mit Rückfallsüchtigen hintereinander. Langsam, Glas für Glas, trank sie die Flasche aus, aber die Anspannung wollte nicht weichen. Sie schlief erst spät ein und wachte am nächsten Morgen schon früh wieder auf, drehte sich in ihrem Bett hin und her. Die Gedanken, die sie beschäftigten, ließen sie nicht mehr einschlafen.

So stand sie diesmal früher als Britni auf und machte das Frühstück.

Später sah sie zu, wie das Mädchen Marmelade auf ein Brötchen schmierte, versunken in Gedanken oder vielleicht auch gefangen in Ängsten. Das konnte nicht so weitergehen. Veronika sprach sie an: „Britni, kann ich dich was fragen?"

Das Mädchen blickte auf. Neugierig und unsicher zugleich.

„Hör zu, du kannst so lange bei mir bleiben, wie du willst", sagte Veronika. „Aber irgendwie hab ich den Eindruck, du solltest lieber mit anderen Kindern zusammen sein. In einem Kinderheim zum Beispiel. Dann wärst du nicht immer allein mit mir. Würde dir das gefallen?"

Britni schien eine Weile zu überlegen. Dann nickte sie. Genau das hatte Veronika vermutet. Hinter dem scheinbar schüchternen Mädchen kam der selbstbewusste Kern wieder deutlich zum Vorschein.

Sie ging mit dem Telefon ins Wohnzimmer, schloss die Tür hinter sich und rief Gisbert Arning an, um ihm zu sagen, dass sie es besser finden würde, Britni in dieses Heim zu bringen.

„Wie kommst du darauf?“, fragte der Chef entrüstet. „Der Täter geistert womöglich noch irgendwo durch Hamburg. Wir haben noch nicht den geringsten Hinweis auf ihn, und du willst die einzige Zeugin aus der Hand geben? Wofür soll das gut sein?“

„Ich will sie nicht aus der Hand geben. In diesem Heim ist sie rund um die Uhr unter Aufsicht. Ich glaube aber, was Britni jetzt am meisten braucht, sind keine tagelangen Verhörversuche. Was sie braucht, ist ein normaler Alltag mit Kindern, Lehrern und Erziehern, ganz egal, ob das die eigenen Eltern sind. Das Mädchen hat ein Trauma erlebt, sie braucht Abstand zu dieser Sache. Wenn sie wirklich erst vor ein paar Tagen verstummt ist, dann ist das ganz normale Tagesprogramm eines Schulkindes meiner Meinung nach das Beste für sie. Da wird sie von ganz allein wieder anfangen zu sprechen. Und dann kann sie uns immer noch sagen, was sie Sonntagnacht gesehen hat. Allein mit mir kommt sie nicht weiter.“

Jetzt war es Arning, der schwieg. Eine Weile hörte Veronika nur seinen schweren Atem durchs Telefon.

Endlich sagte er: „Es klingt leider sehr logisch, was du da sagst. Aber schärf diesen Heimleuten ein, dass sie Britni keinen Moment aus den Augen lassen dürfen."

Arning schickte Sven mit seinem Privatwagen, damit er sie zum Kinderheim fuhr. Während der Fahrt schaute der Kollege auffällig oft in den Rückspiegel. Der glaubt doch nicht im Ernst, dass uns jemand verfolgt, dachte Veronika.

Als sie ankamen, öffnete das Mädchen die Beifahrertür diesmal schon allein und ging zielstrebig auf die Pforte zu. Es sah wirklich nicht so aus, als ob sie etwas dagegen hätte, in ein Kinderheim zu kommen. Ein junger Erzieher kam ihnen entgegen und rief: „Du bist bestimmt die Britni. Wir haben schon auf dich gewartet. Herzlich willkommen."

Veronika hatte die wichtigsten Dinge bereits telefonisch geklärt. Nach einer kurzen Begrüßung ging der junge Erzieher Britni voraus, um sie zu ihrem Zimmer zu führen. Sie folgte ihm, ohne sich noch einmal umzudrehen.

Konsterniert sah Veronika ihr nach.

„So sind diese Gören", erklärte Sven lachend. „Immer mit dem Blick nach vorn. Und dann: Aus den Augen aus dem Sinn."

„Und jetzt?", fragte Veronika.

Sven strahlte sie an.

„Der Chef sagt, du sollst mal ein bisschen mit mir mitkommen."

Das hab ich mir jetzt also verdient, dachte Veronika. Ich darf endlich machen, was vor drei Wochen dran gewesen wäre: mitlaufen. Und der Beifahrersitz in Svens Wagen war jetzt auch wieder frei.
Sie fuhren zum Seemannsheim, um den Pförtner zu treffen, der am Wochenende gearbeitet hatte.
Über die Reeperbahn rollten sie auf das Wahrzeichen von Hamburg zu. Schon von Weitem wies ihnen der schwarze Glockenturm den Weg. Die Herberge für Matrosen aus aller Welt befand sich direkt neben der Michaeliskirche. So schliefen die Seeleute also im Schutz des heiligen Michael, dem großen Kämpfer unter den drei Erzengeln. Wie eine Festung thronte die Barockkirche auf dem Berg über der Elbe.
Das Seemannsheim daneben wirkte eher klein und schlicht. Eine Panoramafensterfront war offenbar nachträglich eingebaut worden. Einziger Schmuck war eine kleine Flaggengirlande, die über dem Eingang hing. Als verwaschene, farbige Wimpel waren die Nationalfahnen der Welt aufgereiht. Veronika und Sven gingen unter ihnen hindurch und betraten einen Fußboden aus Terrazzoplatten. Links neben dem Eingang erhob sich eine Glaswand bis unter die Decke, dahinter lag die geräumige Pförtnerloge.
Sven und Veronika spähten hinein und sahen eine weiße Bürotischplatte und einen verdrehten Stuhl, über dessen Lehne eine braune Strickjacke hing. Seitlich führte eine Tür in eine Nische, aus der Licht drang.

Sven ging zur Sprechluke, die in das Glas eingelassen war.
„Hallo? Jemand zu Hause?"
Die Seitentür wurde aufgestoßen, und ein riesiger Mann kam heraus. Sein Körper ging ab den Hüften enorm in die Breite, und seine Oberschenkel waren so dick, dass er sie beim Gehen mühsam aneinander vorbeischob.
Auf seinem kurzen Hals saß ein Kopf mit einer absurd hohen Stirn, über die sich wenige fettige Haarsträhnen legten. Sein Gesicht war glattrasiert und sah aus wie das altgewordene übergroße Gesicht eines Säuglings. Er lächelte: „Was kann ich für Sie tun?"
Sven zeigte seinen Dienstausweis, stellte sie beide vor und hielt das Foto des Opfers in die Höhe. Der Mann warf nur einen kurzen Blick darauf.
„Ja, der hat Samstagabend eingecheckt. Peter Johann hieß der. Aber dann hat er sich nicht mehr blicken lassen. Ist was mit ihm passiert?"
Veronika erzählte ihm, wo und wann sie die Leiche gefunden hatten.
„Oh, Shit", machte der Pförtner.
„Schlafen im Seemannsheim eigentlich nur Seeleute?", fragte Sven.
„Nich nur. Touristen kommen auch her. Das is auch gut so. Die zahlen ja das Doppelte. Aber der Peter Johann, der kam vom Schiff. Der hatte ja den Stempel von der Hafengrenze im Pass. Sie wissen das ja, seit dem 11. September haben die ja auch die Grenzkon-

trollen am Hafen verschärft, da kommt keiner mehr einfach so durch. Wird alles abgestempelt. Das kostet die Seemänner Stunden."

„Sie konnten sich sofort an seinen Namen erinnern", stellte Veronika fest.

Der Mann lachte verlegen. „Na ja, deutsche Matrosen sind selten geworden. Die kann keiner mehr bezahlen. Wenn doch mal einer auftaucht, das merkt man sich."

„Wissen Sie noch, mit welchem Schiff er gekommen ist?", fragte Sven.

„Nee, hab ich nich gefragt."

Sven holte sein Handy heraus und ließ sich mit der Hafensicherheit verbinden. Während er telefonierte, fragte Veronika weiter: „Ist denn zufällig noch jemand in Ihrem Hotel, der den Mann gekannt haben könnte."

Der Pförtner blätterte in seinem Buch und murmelte. „Heute haben wir Donnerstag, Sonntag früh ist er hier raus. Nee." Er sah wieder zu Veronika auf. „Nee, die sind alle weg. Die bleiben ja nich länger als drei Tage hier."

„Aber sie kommen wieder", hakte Veronika nach.

„Ja, klar. Manche lassen sogar ihre Post hierher schicken. Oder die lagern ihre Sachen hier. Deswegen heißt das ja auch Heim und nicht Hotel."

„Und Peter Johann?"

Der Pförtner schüttelte den Kopf. „Der kam zum ersten Mal."

„Haben Sie sich nicht gefragt, wo er bleibt?"

„Ach, das kommt oft vor. Die werden angeheuert, und dann geht's los. So ein Schiff wartet ja nicht auf einen Matrosen. Deswegen wird ja auch immer im Voraus bezahlt. Der ist am Sonntag gegen elf hier weg, und als er am nächsten Morgen nicht mehr da war, haben wir sein Zimmer geräumt und die Sachen ins Lager gestellt. So läuft das bei uns. Da können sich die Männer drauf verlassen."

„Seine Sachen sind noch hier?"

„Ja, unten im Lager."

Der Mann erhob sich schwerfällig, hing ein „Bin gleich zurück"-Schild an die Luke und kam aus seinem Glasbunker heraus.

„Peter Johann kam aus Panama", verkündete Sven, der gerade sein Gespräch beendet hatte. „Mit einem panamesischen Schiff."

„Panamenisch", verbesserte der Pförtner und fügte hinzu: „Das heißt aber gar nichts."

„Wieso nicht?", fragte Veronika und folgte dem Riesen, der beim Hinuntergehen einen Arm auf das Treppengeländer stützte. Das Laufen mit seinen dicken Beinen musste sehr anstrengend sein, was ihn aber nicht davon abhielt, den Ermittlern schnaufend alles zu erzählen, was ihm einfiel.

„Die Schiffsflotte von Panama ist die größte der Welt. Und wissen Sie, warum? Weil alle Schiffe, die unter panamenischer Flagge laufen, nur die Hälfte zahlen müssen, wenn sie durch den Kanal wollen. Und außerdem nehmen die das dort nicht so genau. Was hier durch den Schiffs-TÜV fliegen würde, das wird dort noch allemal genehmigt."

Im Keller roch es nach Waschmittel, und hinter einer Tür hörte man das Heulen einer Wäscheschleuder. Der Pförtner öffnete eine andere Tür. Sie sahen auf eine Ansammlung aus Seesäcken, Koffern und Reisetaschen. An jedem hing ein Schild mit einem Namen.

Der Pförtner ging zur rechten Seite des Lagers und untersuchte die Gepäckstücke, die dort an der Wand standen.

„Das is ja jetzt komisch", murmelte er. „Ich hab's doch dahin gestellt. Er hatte einen Seesack und einen Aktenkoffer. So was schleppt hier sonst keiner an, 'nen Aktenkoffer. Aber er war ja auch ein Deutscher. Das Ding hat dort an der Wand gestanden."

„Und der Seesack?", fragte Sven und beugte sich über die Besitztümer fremder Matrosen: „Nam Haruki, Ibrahim Gonzalez, Omar Zadr ...", las er laut.

Der Pförtner schüttelte den Kopf.

„Der ist auch weg. Möchte mal wissen, wer das rausgegeben hat."

„Dann finden Sie's heraus", sagte Sven.

Der behäbige Mann lächelte verlegen, sichtlich verunsichert von Svens Befehlston.

Während er die Dienstpläne studierte und dann telefonierte, gingen Veronika und Sven in den Speiseraum, der hinter den großen Fenstern lag. Es war gerade Mittagszeit. Ein paar Männer saßen dort, jeder allein an seinem Tisch, und schaufelten mit einer Gabel ein breiartiges Essen in sich hinein.

Irgendwie sehen die alle merkwürdig aus, dachte Veronika. Manche waren sehr dick, und wenn nicht, dann wirkten sie zumindest ungepflegt.
Vielleicht achtet man ja nicht mehr auf sein Äußeres, wenn man sein Leben im Rumpf eines Schiffes verbringt, überlegte sie. Im Vergleich zu diesen Seemännern musste der Tote richtig eitel gewirkt haben. Immerhin ließ er sich einen Fassonschnitt vom Friseur machen. Trotzdem war er offensichtlich Matrose gewesen. Mit der winzigen Hoffnung, einer der Männer könnte dem Kollegen schon einmal begegnet sein, begaben sich Veronika und Sven auf Tour durch die Kantine und zeigten das Fahndungsfoto herum.
Ohne Ergebnis kehrten sie kurz danach ins Foyer zurück, wo der Mann mit dem großen Kindergesicht schon auf sie wartete.
„Sie haben Glück, der Kollege, der's war, kann in zwanzig Minuten hier sein."
„Prima, dann können wir bis dahin was essen", freute sich Sven.
„Was gibt's denn?"
„Labskaus", teilte er Veronika mit und seine Augen leuchteten.
Veronika verzog das Gesicht. „Hering und Rindfleisch durch den Wolf gedreht, das kannst du alleine essen."
„Oder Rührei."
„Danke, ich unterhalte mich noch ein bisschen mit dem Pförtner."
„Er hat uns doch schon alles gesagt", meinte Sven.

Veronika lächelte. „Ich höre mir eben lieber Seemannsgarn an, als Labskaus zu futtern."
Sven zuckte die Schultern und verschwand im Speisesaal.
Veronika lehnte sich an die Sprechluke. Der Pförtner hatte sich an seinem Schreibtisch über ein paar Listen gebeugt, wahrscheinlich die Dienstpläne.
„Was kann es denn bedeuten, wenn jemand in Panama anheuert?", fragte sie.
Er sah auf. „Nicht viel eigentlich. Da ist der zweitgrößte Hafen der Welt. Viele gehen dort nur von einem Schiff runter und auf's nächste drauf."
Er streckte seine dicken Beine aus und lehnte sich zurück. „Soll ja ein übles Pflaster sein. Die Freihandelszone ist wohl fast so groß wie Hongkong. Alles, was aus Panama rausgeht, muss nicht verzollt werden. Also was passiert? Die Ausländer verschiffen ihre Waren nach Panama, dort kriegen sie neue Etiketten, made in Panama eben, und damit können sie zollfrei auf große Fahrt gehen."
„Und der Aufwand lohnt sich?"
„Aber hallo", machte der Pförtner. „Die Einzigen, die nichts davon haben, sind die Panamenen selbst. Wenn die im eigenen Land was verkaufen, müssen sie natürlich Steuern zahlen."
„Waren Sie mal dort?"
„Nö, nie", sagte er und lächelte wieder wie ein verlegenes Kind.
„Aber Sie sind mal zur See gefahren?"

„Nö. Die einzigen Schiffe, auf denen ich war, sind die ausrangierten Dinger da unten, wo's Richtung Veddel geht. Da is'n Schiffsfriedhof. Da geh ich manchmal drauf und lauf 'n bisschen auf Deck rum."
Der Pförtner erzählte weiter von den ausrangierten Schiffen, auf denen er seine freien Tage verbrachte, aber Veronika hörte kaum noch zu. Wieso geht ein Seemann, der gerade aus Panama kommt, schnurstracks in die Speicherstadt, fragte sie sich. Normalerweise gingen Matrosen doch eher auf die Reeperbahn oder vielleicht auch in die Kirche. Das waren doch keine Touristen.
Kaum war Sven Klawitter mit glänzenden Lippen aus dem Speiseraum zurück, erschien auch der Pförtner, der die Sachen von Peter Johann herausgegeben hatte, ein spindeldürrer kleiner, alter Mann. Von seinem großen Kollegen wurde er regelrecht verhört. Peinlich genau wollte der Riese wissen, wie die Übergabe des Gepäcks erfolgt war, und so erfuhren sie, dass ein junger, spanisch sprechender Mann bloß eine Vollmacht vorzulegen brauchte, um mit den Sachen verschwinden zu können. Der Pförtner, den Veronika bis dahin so gutmütig und redselig erlebt hatte, veränderte sich völlig. Er wurde rot im Gesicht und wollte die Vollmacht sofort sehen.
„Dafür brauchste mich doch nicht herzuholen", murrte sein hagerer Kollege, zog einen Aktenordner aus einem Regal und klappte ihn auf.
Mit zitternder Hand nahm der Riese ein Papier heraus und drehte und wendete es vor seinen Augen.

„Aber da, da steht doch überhaupt nichts drauf. Nicht mal eine Adresse! Und wo ist denn die Kopie vom Pass?"
„Kopierer war kaputt."
„Was ist das denn für eine Schlamperei?" Die Stimme des Pförtners überschlug sich.
„Beruhigen Sie sich", versuchte Veronika ihn zu beschwichtigen. „Wir werden den Mann schon finden."
Aber damit gab sich der Pförtner nicht zufrieden.
„Wofür sitzen wir überhaupt hier rum, wenn wir die Leute nicht ordentlich kontrollieren. Das ist doch total sinnlos. Da kann ich auch einfach die Wand anstarren", sagte er, und das war offensichtlich sein letztes Wort, denn ab jetzt starrte er die Wand an.
Sein kleiner Kollege verdrehte die Augen. „Verletzte Berufsehre", erklärte er Veronika. Als er erfuhr, dass er mit Sven ins LKA musste, um eine Zeugenaussage zu machen, verdrehte er seine Augen gleich noch mal.
Sven hatte in der Zwischenzeit telefoniert.
„Schönen Gruß vom Boss, du sollst dich hier in der Gegend umhören", sagte er und machte sich dann mit dem Zeugen davon.
Sie überlegte, ob sie den großen Pförtner noch einmal ansprechen sollte. Der saß noch immer wie ein trotziges Kind auf seinem Stuhl. Sie musste sich wieder einmal daran erinnern, dass sie Ermittlerin war und keine Therapeutin mehr, und ließ das Riesenkind in seinem Trotz sitzen.

18

Veronika ging in jede Bar, jedes Restaurant und jeden Souvenirshop in dem historischen Viertel um die Michaeliskirche.

Sie zeigte mindestens fünfzig Leuten das Foto des Toten, doch alles, was sie zur Antwort bekam, war Kopfschütteln. Erschrocken, abweisend oder anteilnehmend, aber immer: Kopfschütteln. Das war merkwürdig. Peter Johann war am Samstagnachmittag angekommen. Bisher wussten sie nur, dass er das Seemannsheim am späten Sonntagmorgen verlassen hatte. Wo war er am Abend seiner Ankunft gewesen? Er hatte mehrere Wochen auf einem Schiff zugebracht. Ging so jemand nicht sofort raus, um ein bisschen Stadtluft zu schnuppern?

Zuletzt ging Veronika in die Krameramtsstuben, ein Restaurant, das mit dem „besten Labskaus von Hamburg" warb.

„Hier bei uns?", wunderte sich der Wirt. „Nä. Dat is ja hier man für Touristen und ein paar ältere Herrschaften. Aber wenn der in Panama war, da fragen Sie doch mal im El Paisa. Da hinten, da treffen Sie man mehr so karibische Jungs."

Das El Paisa lag ganz am Rande, sozusagen auf der Rückseite des Michaelisviertels. Der Straßenzug sah aus, als hätten die Städteplaner aus Versehen die Hälfte einer alten Hamburger Gasse stehen lassen. Vor den Fachwerkhäusern breitete sich ein leerer Platz aus, den man überquerte, um zu einem Parkplatz zu kommen. Dahinter machte sich eine große Kreuzung von zwei mehrspurigen Straßen breit. Hinter dieser städtischen Wüste aus Beton, Asphalt und ausgebremstem Autoverkehr blinkten die Lichter der Reeperbahn.

Es war nachmittags um fünf, die Autoschlangen erhoben mit jedem Ampelwechsel ihr Motorengefauche und das kolumbianische Restaurant machte gerade auf. Drinnen war es düster und still. Hinter dem Mobiliar aus Holztischen und Stühlen klebte eine Fototapete an der Wand. Von der Decke bis zum Boden zeigte sie einen weißen Strand mit türkisfarbenem Meer und einer Palme mit ausladenden Blättern, davor schwebte an einem Schwenkarm ein Fernseher, in dem eine Knetpuppe gerade für einen Kredit warb. An der rechten Wand war ein Stück deutsches Kulturgut erhalten. Eine Holzmalerei stellte einen Jungen in zerlumpten Hosen dar, der von einem vollbusigen Weib geschlagen wurde.

Als sich die Küchentür öffnete, erschien zu Veronikas Überraschung auch keine Mestizin in Servierschürze, sondern eine hellhäutige Frau um die fünfzig mit aschblondem, dauergewelltem Haar. Sie begrüßte Veronika mit: „Moin, was darf's denn sein?"

Veronika hatte seit dem Frühstück nichts gegessen, außerdem war sie immer neugierig auf fremde Küche.

„Haben Sie denn eine Kleinigkeit? Etwas Landestypisches?“
„Klar“, antwortete die Wirtin fröhlich. „Patacones. Das sind Kochbananen, gestampft und frittiert.“
Die Bananenscheiben schmeckten wie Kartoffelpuffer, nur etwas trockener und leicht bitter. Als die Wirtin noch einmal vorbeikam, um zu fragen, ob alles gut sei, holte Veronika ihren Dienstausweis und das Foto hervor. Die Frau setzte sich zu Veronika an den Tisch, holte eine Brille aus ihrer Schürzentasche und sah sich das Bild ganz genau an. Doch am Ende schüttelte auch sie den Kopf.
„Wieso arbeiten Sie eigentlich hier?“, fragte Veronika aus reiner Neugier.
„Mein Mann ist Kolumbianer“, sagte die Wirtin. „Wir haben schon vor zwanzig Jahren geheiratet. Da war das noch was ganz Ungewöhnliches, heute ist das ja alles ganz anders.“
„Wie denn anders?“
„Na ja, das Gute ist, dass es heute normal geworden ist, dass deutsche Frauen Ausländer heiraten.“
„Und das Schlechte?“
Die Wirtin zögerte, bevor sie sagte: „Die Kundschaft hat sich verändert. Jahrelang kamen hier immer dieselben Gäste her. Aber heute siehst du so viele Leute, die hast du noch nie gesehen. Die kommen und gehen, und du hast keine Ahnung, was die machen.“ Sie winkte ab. „Bei manchen willst du gar nicht wissen, womit die das Geld verdienen, mit dem sie hier bezahlen.“

„Meinen Sie, Sie könnten Ihre Gäste fragen, ob sie diesen Mann schon mal gesehen haben?“
„Ich soll das Bild von einem Toten zeigen? Ich will doch keinen Ärger mit meiner Kundschaft.“
Sie stand auf, nahm den leeren Teller und wischte den Tisch ab. „Kolumbien ist so ein schönes Land“, sagte sie. „Aber der Drogenhandel macht alles kaputt. Man sollte das ganze Zeug legalisieren. Dann hätte die Mafia nicht so ’ne Macht.“
Veronika zog eine Visitenkarte hervor. „Sie können mich gern anrufen, wenn Ihnen wieder einmal ein komischer Gast auffällt.“

Nachdem sie das El Paisa verlassen hatte, stand sie unschlüssig auf der leeren Straße vor dem fast leeren Parkplatz und fragte sich, wohin sie jetzt gehen sollte. Wäre Britni noch bei ihr, gäbe es diese Frage nicht. Dann müsste sie mit dem Kind nach Hause fahren und auch dort bleiben. Sie hätte Verantwortung. Ein Buch zu lesen, während ein Kind im Nebenzimmer schlief, war etwas ganz anderes, als ein Buch in einer leeren Wohnung zu lesen.
Veronika hielt es für einen unnatürlichen Zustand, als Frau allein zu leben. Was andere als Freiheit bezeichneten, empfand sie als unerträgliche Leere. Sie hasste es, jede Nacht allein zu schlafen, und sie hasste es, sich jedes einzelne Miteinandersein organisieren zu müssen. Normalerweise gelang es ihr, diese quälende Unzufriedenheit zu verdrängen. Doch jetzt war Britni da

gewesen, und ihre Abwesenheit machte die Leere des Single-Daseins wieder spürbar.

Veronika erinnerte sich an Hermann und wählte seine Nummer.

„Heute Abend schon?“, sagte er überrascht. „Eigentlich wollte ich bis Mitternacht im Büro bleiben.“

„Aber du musst doch auch mal was essen.“

„Na gut, aber nur, wenn wir zum Griechen gehen.“

Das war eine leichte Erpressung, denn er wusste, dass Veronika die fette griechische Küche nicht mochte.

„Dann aber nur ins Sotiris“, schränkte sie Hermanns Bedingungen auf ihre beste Variante ein.

19

Hinter der Fensterscheibe des Sotiris sank die Dämmerung auf Ottensen. Der Verkehr rollte unablässig über die Barnerstraße, aber Hermanns Fahrrad wollte und wollte noch immer nicht dabei sein.
Veronika zwang ihren Blick in eine andere Richtung und schaute wieder ins Lokal. Zwei römische Bögen hielten die Decke. Sie waren mit Steinmosaiken verziert. Die gleichen Mosaikstückchen zierten auch den Fußboden des Lokals. Veronika hatte den einzigen Tisch ergattert, den man nicht mit zwölf anderen Gästen teilen musste und der auch nicht dem Personal vorbehalten war.
Das Lokal wurde von einem griechischen Schauspieler geführt, der auch Musik machte. Eine Zeit lang hatte er in seiner Kneipe Live-Sessions organisiert. Veronika hatte kaum einen Abend ausgelassen. Sie erlebte einen brasilianischen Pianisten, der seine ganze Seele in eine Mischung aus Samba und Jazz legte, eine englische Sängerin, die sich unglücklich verliebt hatte und seitdem griechische Liebeslieder komponierte und einmal eine Iranerin, die wie aus heiterem Himmel indianische Gebetsgesänge der Nord-Dakota vortrug. Ein Türke aus Istanbul wurde als bester Tangosänger von Hamburg gefeiert, und einmal gab ihnen sogar ein alter

Panamene die Ehre. Er sang kubanische Habaneras, die er in Blues-Balladen überleitete und mit furiosen Jazz-Improvisationen beendete.
Doch dann war einer Sammelklage wegen nächtlicher Ruhestörung stattgegeben worden, und die öffentlichen Konzerte im Sotiris hatten ein Ende.
Verloren in melancholischen Erinnerungen schaute Veronika wieder nach draußen, wo sich über den Dächern von Ottensen der Himmel zu einem violetten Intermezzo färbte. Endlich kam auf der Straße ein schmales Fahrrad mit einem kräftigen Fahrer angerollt.
Veronika schaute Hermann zu, wie er sein Fahrrad an einem Geländer anschloss. Jede seiner Bewegungen war ihr vertraut. Zuerst schob er die schwere Umhängetasche auf den Rücken, damit sie nicht herunterrutschte, wenn er sich vorbeugte, dann schloss er das Fahrrad ab. In dieser Tasche war Hermanns Laptop, der zu ihm gehörte wie ein zusätzliches Körperteil. Er ließ ihn niemals irgendwo liegen, es könnte ja sein, dass ihm zu Hause oder unterwegs ein Detail einfiel, das einen aktuellen Entwurf entscheidend verbesserte. Als Veronika ihn kennenlernte, arbeitete er gerade an seinem Diplomprojekt. Ihr neuer Geliebter stand sogar nachts auf, wenn ihm gerade eine Idee gekommen war. Zum letzten Mal hatten sie sich vor einem halben Jahr gesehen. Da war er schon ein Jahr lang Praktikant in einem renommierten Architekturbüro gewesen.

„Erzähl!", sagte Veronika, kaum dass sie sich begrüßt hatten. „Wie hast du's geschafft? Vom Praktikanten zum Stararchitekten."
Hermann strahlte sie überglücklich an. Seine Augen leuchteten stärker als die Kerze, die zwischen ihnen auf dem Tisch stand und mit ruhiger Flamme brannte.
Er erzählte Veronika, dass ein pensionierter Seniorchef bei einem Besuch in ihrem Büro zufällig sein Diplomprojekt in die Hand bekommen hatte und davon so angetan war, dass er den zuständigen Chefs riet, den jungen Mann beim nächsten Wettbewerbsentwurf mitarbeiten zu lassen.
„Dieses Büro beteiligt sich im Jahr ungefähr an zwölf Wettbewerben", erklärte Hermann aufgeregt. „Wenn es einen davon gewinnt, ist das schon wie ein Sechser im Lotto. Und ausgerechnet da, wo ich zum ersten Mal mitmache, gewinnen wir."
Er lachte, so wie er nur lachte, wenn er wirklich glücklich war, wie ein kleiner Junge, der seine ganze Familie über's Ohr gehauen hatte.
Bald kam die Gyros-Platte, die er bestellt hatte. Während er sie verschlang, kritzelte er auf die Rückseite einer Quittung eine lang gestreckte U-Form, durch die sich eine Schlängellinie zog. Er zeigte auf den Querbalken des U: „Hier sind die Magellan-Terrassen, und da, diese Linie, das wird der Traditionshafen. Da werden alte Segelschiffe liegen. Die Seite zur Speicherstadt ist schon fertig, aber hier auf der anderen Seite, da steht unser Gebäude! Und der Clou …"

Die Begeisterung in seinen Augen hätte genügt, alle Leute im Sotiris glücklich zu machen, hätten sie Hermann nur zugehört. Veronika vergaß beim Zuhören sogar ihren Brokkoli-Auflauf.
„Der Clou ist …“, wiederholte Hermann und schob sich die letzten Gyros-Stücke in den Mund. „Nur zwei Hausnummern von unserem Projekt entfernt, entsteht die Elbphilharmonie.“
„Nein!“, entfuhr es Veronika. Ihrem Ausruf folgte eine feierliche Stille.
Hermann blickte selig aus dem Fenster, schlürfte seinen Rotwein und seufzte: „Ach, Mensch. Ich bin so verdammt froh.“
Veronika dachte daran, dass er so etwas schon mal gesagt hatte. Vor zwei Jahren, als sie sich kennengelernt hatten. Damals arbeitete sie noch in der Suchtberatungsstelle. Hermann war der ideale Ausgleich zu ihren depressiven Klienten gewesen. Und sie hatte dem ehrgeizigen Architekturstudenten ein Zuhause gegeben, ein Gefühl von Geborgenheit zwischen seinen langen Sitzungen am Computer. Dass sie sich noch etwas mehr wünschte, verriet sie ihm zuerst nicht. Er war fünf Jahre jünger als sie, und sie wusste, auch ohne mit ihm darüber zu sprechen, dass er noch nicht so weit war. Sie hatte gewartet, bis er sein Diplom gemacht und seine Praktikantenstelle bekommen hatte. Erst dann hatte sie ihm verraten, dass sie ein Kind mit ihm haben wollte. Doch es war immer noch zu früh gewesen. Hermann hatte die Beziehung beendet. Er sagte, er

könne nicht verantworten, dass er ihre Wünsche blockierte, während ihr die Zeit davon lief. Er hatte so rational darüber gesprochen wie ein Bauingenieur, der den sauberen Abriss eines Gebäudes plant.

Wenn sie ihn jetzt vor sich sah, war ihr klarer denn je, dass er gar nicht anders gekonnt hatte. Er wollte seine eigenen Häuser wachsen sehen, das eigene Kind musste warten.

„Was ist denn los?“, fragte er jetzt.

„Findest du eigentlich, dass ich zu verständnisvoll bin?“

Er lächelte. Ihm war auch ohne Erklärung klar, woran sie gerade gedacht hatte. Das war eigentlich das Schlimmste. Sie hatten sich getrennt, obwohl sie sich vom ersten Moment an fast ohne Worte verstanden hatten.

„Vroni, du musst jemanden finden, der dir gewachsen ist“, sagte Hermann. „Und der sollte besser fünf Jahre älter als jünger sein.“

Sie seufzte. „Die sind doch alle schon besetzt. Oder sie haben das Familienprogramm längst abgehakt.“

„Was hast du eigentlich gestern von einem Kind erzählt?“

Erst jetzt erzählte ihm Veronika von ihrem ungewollten Comeback in der Polizeilaufbahn, davon, wie sich die Sache nach den ersten Schwierigkeiten nun doch zu entwickeln begann.

„Und warum haben sich für mich die Türen geöffnet?“, fragte sie rhetorisch. „Weil ich mich um ein

Kind gekümmert habe. Ist doch verrückt, oder?"
Sie hatten schon zwei Karaffen Rotwein geleert und bestellten jetzt eine dritte. Hermann legte seine Hand auf ihre, und Veronika ließ es geschehen. Es gab eine stille Vereinbarung zwischen ihnen. Solange sie beide Single waren, gestatteten sie sich, auf das Verhältnis von Geliebten zurückzukommen.

An einem der großen Tische waren die Gäste inzwischen zu einer Gemeinschaft zusammengewachsen. Der türkische Tangosänger war hinzugekommen und auch die singende Engländerin, die jetzt ihre Gitarre auspackte.

Der Wirt stellte den CD-Player im Restaurant ab, und bald lauschten sie einem argentinischen Tango mit türkischem Akzent.

„Quiero emborachar mi corazon ..."

„Ich möchte mein Herz betrunken machen", verstand Veronika mit ihrem Urlaubsspanisch.

„Aus meiner tristen Einsamkeit sehe ich die toten Rosen meiner Jugend fallen", hieß es ein paar Takte weiter.

Der junge Sänger intonierte das Lied mit einer Leidenschaft, als würde er das Unglück seines eigenen Lebens besingen, doch als er fertig war, lachte er, als hätte er gerade einen Witz erzählt.

„Es gibt doch nichts Fröhlicheres als eine von Herzen gelebte Traurigkeit", sagte Hermann, während er in die Hände klatschte.

„Von wem ist das denn?"

„Fernando Pessoa. Hab ich gelesen, als ich zwanzig war."

Im Sotiris wanderte die Gitarre nun zwischen den beiden Sängern hin und her, und Hermann stand auf, um sich neben Veronika zu setzen. Er legte seinen Arm um ihre Schultern und drückte sie an sich. Und während die Engländerin mit „Yesterday“ an die Beatles erinnerte, riefen Hermanns Fingerspitzen die alten Gefühle aus ihrer gemeinsamen Vergangenheit wach.

Kurz vor Mitternacht erklärte der Wirt den Sängern, dass sie leider aufhören müssten. Er zeigte mit seinem Finger nach oben, wo über den beiden Mosaikbögen zwar nicht die Götter wohnten, aber die Nachbarn, was, wie alle wussten, viel schlimmer war.

Hermann flüsterte Veronika ins Ohr: „Wir gehen doch zu dir, oder?“

Er rief nach der Rechnung und holte, als könne er es kaum noch erwarten, seine Brieftasche heraus. Veronika wehrte ab. Sein Gehalt war bestimmt viel niedriger als das, was sie jetzt verdiente.

„Jetzt lass mich doch mal den Macho spielen“, sagte Hermann, und Veronika lächelte.

„Keine Sorge. Das darfst du noch die ganze Nacht.“

Sie suchte die Geldbörse in ihrer Tasche. Die Kellnerin setzte sich schon an ihren Tisch, fragte, ob alles gut gewesen war. Hermann bedankte sich und zog einen großen Schein aus dem Portmonee.

„Nein, nein, ich zahle“, rief Veronika und drehte, betrunken wie sie war, kurzerhand ihre Tasche um, sodass der gesamte Inhalt auf den Tisch fiel. Sie griff nach der Geldbörse, riss einen Schein heraus und steck-

te ihn der verblüfften Kellnerin in die Hand, noch bevor sie das Geld von Hermann nehmen konnte.
Der war plötzlich nicht mehr an ihrem Wettkampf interessiert. Er schaute auf das Fahndungsfoto, das mit den anderen Sachen auf den Tisch gefallen war.
„Wieso hast du dieses Foto?“, fragte er.
„Kennst du den Mann?“, fragte Veronika zurück und strich das Wechselgeld ein.
Hermann schob seine Börse in die Umhängetasche. „Ist der etwa tot?“
Als Veronika nickte, sah er bestürzt aus.
„Ja, ich kannte den. Der hat mit mir studiert. Ein verdammt netter Kerl. Nur kein guter Architekt. Seine Entwürfe sahen immer scheiße aus. Ehrlich. Das war mehr so ein Praktiker. So einer wird meistens Bauleiter.“
„Und ist er das geworden?“
„Ich hab gehört, er ist ins Ausland gegangen.“
„Panama vielleicht?“
„Jetzt wo du's sagst, ich glaube ja. Da bauen sie ja wie die Verrückten. Die USA haben doch '99 die Kanalzone geräumt, und jetzt lässt Panama jeden rein, der Kohle mitbringt.“
„Woher weißt du das denn?“
„Na ja, ab und zu les ich schon mal eine Zeitung. In solchen Ländern findest du Investoren, von denen du hier nur träumen kannst. Aber was die bauen, gefällt mir nicht. Hauptsache hoch und viel Glas. Für Leute wie Rüdiger ist das natürlich ein super Arbeitsmarkt.“

„Der Mann heißt aber nicht Rüdiger. Er heißt Peter Johann."
Hermann sah sich das Foto ein zweites Mal an. „Komisch. Ich könnte schwören, dass das Rüdiger Kiel ist."
Veronika packte ihre Habseligkeiten in die Handtasche zurück.
„Wäre ja auch zu schön gewesen, wenn du mir mal so eben meinen ersten Fall aufgeklärt hättest."
Sie radelten los. Hermann folgte Veronika, und sie stiegen gemeinsam zu ihrer Dachwohnung hinauf, so wie sie es vor einem halben Jahr zum letzten Mal getan hatten. Wie immer nahm sich Hermann ein Gläschen Grappa, er wusste ja noch, wo er es fand, und stellte sich an Veronikas Küchenfenster, um den Blick zum Hafen zu genießen.
Veronika schmiegte sich an ihn, aber er schob sie sanft zurück.
„Es tut mir leid, Veronika, aber irgendwie kann ich heute nicht."
Sie goss sich selbst einen Grappa ein. Vor Ärger. Hätte sie ihn doch einfach bezahlen lassen, dann hätte er dieses blöde Foto nicht gesehen.
„Aber das war nicht dein Kumpel", sagte sie. „Der hieß Peter Johann."
Hermann zog seine Jacke wieder an.
„Vielleicht liegt es gar nicht daran. Vielleicht haben wir uns einfach zu lange nicht mehr gesehen", sagte er und gab ihr einen Kuss auf die Stirn.
„Danke für den schönen Abend."

Dann ging er die Treppe wieder hinunter. Die Tür hinter sich ließ er offen. Veronika musste sie selbst schließen. Sie tat es sehr leise.

20

„Ich habe noch mal mit dem Leiter des Afghanischen Museums gesprochen. Da drängen sich neue Vermutungen auf, wir könnten einem terroristischen Zusammenhang auf der Spur sein", sagte Herbert Müller. Er hatte sich als Erster zu Wort gemeldet.

„Vermutungen", wiederholte Arning. „Damit arbeitest du seit Montag. Du hast nicht ein einziges Indiz. Deine Teppichhändler sind brave Leute, das ist alles, was du herausbekommen hast."

Veronika sah, wie Müller Luft holte, dann aber doch nichts sagte.

Arnings Blick wechselte zu Dirk Rose.

„Das Labor hat jetzt auch den DNA-Vergleich zwischen dem Sperma und einer Probe des Mädchens gemacht", sagte Rose und sah plötzlich verlegen aus. „Es war ein Verwandter. Wahrscheinlich sogar der Vater."

Betroffen sahen die Kollegen vor sich hin, nur Sven murmelte leise: „So eine Scheiße."

„Ich würde meine Recherchen trotzdem fortsetzen", sagte Brehm.

Arning schüttelte den Kopf. „Drei Viertel aller Missbrauchsfälle liegen in der eigenen Familie, das wissen wir alle."

„Aber dass sie Opfer eines Verwandten wurde, schließt das organisierte Verbrechen doch nicht aus."

Arning studierte einen Moment lang Brehms Gesicht, dann sagte er: „Ich gehe lieber von den Fakten aus. Und danach ist das Mädchen von ihrem Vater missbraucht worden, von zu Hause abgehauen, einem fremden Mann in die Arme gelaufen und Zeugin eines Verbrechens geworden. Das kommt mir zum ersten Mal logisch vor, auch wenn es noch genug Lücken gibt, die uns nicht klar sind."

„Zum Beispiel, warum ein zwölfjähriges Mädchen nach einem Missbrauch wegläuft", sagte Dirk Rose. „Normalerweise werden diese Mädchen enorm eingeschüchtert und schaffen es nicht so einfach, aus ihren Verhältnissen auszubrechen."

Arning fragte Veronika nach ihrer Meinung.

„Dirk hat recht. Einige meiner ehemaligen Klienten hatten Missbrauchserfahrungen. Aber sie haben es frühestens mit vierzehn geschafft, sich aus der Bindung von den Eltern zu lösen."

Arning wiegte seinen schweren Kopf. „Der Mann muss auf jeden Fall gefunden werden. Vielleicht gibt es ja eine Verbindung zu dem Toten."

Er nahm ein Blatt aus seinem Ordner und heftete es an das Flipchart.

„Und ab heute müssen wir uns auch darauf konzentrieren."

Es war die Phantomzeichnung, die mit den Angaben des Montagspförtners angefertig worden war. Das Gesicht kam Veronika bekannt vor, aber so sehr sie auch grübelte, sie kam nicht darauf, wo sie diesen Mann schon mal gesehen haben könnte. Wahrscheinlich täusche ich mich, dachte sie. So sehen schließlich viele Lateinamerikaner aus. Dunkle Augen, volle Lippen, schwarzes welliges Haar. Alter um die zwanzig. Schon der Kellner in der Kaffeerösterei hatte so ähnlich ausgesehen.

„Er hat sich als Miguel Alonso ausgegeben“, erläuterte Arning. „Zumindest hat er mit diesem Namen eine Quittung unterschrieben. Er ist entweder der Täter selbst oder ein Komplize. Aber wenn ein Fall einmal verflixt ist, dann ist er es in allen Details. Sein Name ist unseren Meldebehörden nicht bekannt, und die Fingerabdrücke dieses Herren sind natürlich bis jetzt nirgendwo aufgetaucht.“

„Also ein Illegaler“, stellte Herbert Müller fest.

Arning kam zum nächsten Punkt, Peter Johann. Er hatte eine konkrete Fahndungsidee. „Die Kollegen von der Hafensicherung werden uns ab morgen die Besatzungslisten aller ein- und auslaufenden Schiffe faxen“, teilte er seinem Team mit. „So können wir vielleicht einen Matrosen finden, der mit Peter Johann an Bord gewesen ist. Vorausgesetzt, wir vergleichen die Listen sofort mit der Besatzungsliste von Johanns Schiff.“

Arning sah in die Runde. „Wer kann am Wochenende arbeiten?“

Veronika spürte, dass die Kollegen auf sie zählten. Schließlich war es ihre Schuld, dass die Quittung erst vorgestern aufgetaucht war. Ihr war es nur recht, eine neue Gelegenheit zu bekommen, mit der sie ihre Position im Team weiter ausbauen konnte. Nach einigem Zögern meldete sich auch Dirk Rose.

Sven seufzte. „Ich würde wirklich gern mitmachen. Aber meine Frau fährt am Wochenende auf ein Seminar, und ich bin allein mit den Kindern.“

„Schon gut“, sagte Arning. „Zu zweit ist es zu schaffen. Dirk übernimmt die Touren ins Hafengebiet, und Veronika macht den Listenvergleich im Büro. Und wenn dir noch Zeit bleibt, Veronika, dann wäre es schön, wenn du dich nach diesem Phantom-Mann umsehen könntest“, schloss Arning.

„Wo soll ich das denn tun?“

Als Arning antwortete, hatte sie den Eindruck, dass er nicht einmal selbst von seiner Idee überzeugt war.

„Die Lateinamerikaner haben doch eine eigene Szene“, sagte er. „Da gibt es ein paar Clubs, auf der Reeperbahn zum Beispiel. Vielleicht ist der Täter da schon mal aufgekreuzt.“

„Och, schade, da wäre ich gern mitgekommen“, seufzte Sven. Die anderen grinsten. Nur Arning nahm seine Bemerkung ernst: „Wenn du einen Babysitter findest, darfst du die Kollegin gern begleiten.“

Veronika hoffte, dass ihm das gelang. Die Vorstellung, ganz allein über die Reeperbahn zu tingeln, gefiel ihr gar nicht.

„Der nächste Punkt ist natürlich das Gepäck“, setzte Arning die Besprechung fort. „Wenn wir wenigstens wüssten, was in dem Koffer war.“

„Na, Akten sicher nicht“, sagte Herbert Müller. „Dieser Johann kam aus Panama, das ist der Nachbarstaat von Kolumbien. Ist doch klar, was der da drin hatte. Kiloweise Drogen.“
„Du meinst Kokain“, präzisierte Arning und schlug Müller vor, sich zusammen mit Klaus Brehm mit der Drogenabteilung in Verbindung zu setzen und damit ihren Ermittlungen eine neue Richtung zu geben. Damit war die Besprechung beendet.

Veronika ging in ihr Büro und hatte zum ersten Mal etwas Konkretes an ihrem Schreibtisch zu tun. Sie recherchierte die Adressen der lateinamerikanischen Clubs auf der Reeperbahn und in der Innenstadt.
Dann ging sie in Sven Klawitters Büro, um ihm noch einmal deutlich zu sagen, wie froh sie wäre, wenn er mitkäme.
Aber der hatte bereits eine Babysitterin organisiert.
„Ich lass dich doch nicht allein auf die Reeperbahn“, sagte er lächelnd.
Zurück im Büro wählte Veronika die Nummer des Kinderheims und sprach mit Britnis Erzieherin. Das Mädchen war noch in der Schule.
„Nö, läuft alles gut mit der Kleinen“, sagte die Erzieherin. „Die Britni sagt zwar nichts, aber sie macht alles mit, und sie lacht mit den anderen Kindern. Das wird schon.“
Danach blieb Veronika an ihrem Schreibtisch sitzen. Sie war allein im Büro, Klaus Brehm war unterwegs zur

Drogenabteilung. Gedankenverloren schaute sie auf ihren Computer, den sie noch gar nicht eingeschaltet hatte. Nach einer Weile ertappte sie sich dabei, dass sie versuchte, sich Britnis Vater vorzustellen, wie er seine Tochter missbraucht hatte. Sie schüttelte heftig den Kopf. Solche Phantasien durfte sie ihren Gedanken nicht gestatten. Die Sensationslust ihres Unbewussten hatte bei ihrer Ermittlungsarbeit nichts zu suchen. Und Britni selbst schien bereits das Beste aus ihrer Lage zu machen. Sie lachte mit anderen Kindern. Sie richtete den Blick nach vorn, wie Sven es ausgedrückt hatte. Und das war gut so. Ein Kind in Britnis Alter konnte nach einer seelischen Verletzung wieder in das normale Leben hineinwachsen. Wenn es die richtige Umgebung dafür hatte. Und dieser Wachstumsprozess konnte viel mehr bewirken, als es jahrelange Therapiegespräche im Erwachsenenalter vermochten.

Die Tür flog auf, und Veronika wurde aus ihren Gedanken gerissen. Der schweigsame Brehm hatte eine ziemlich rabiate Art, sich zu bewegen. Schwungvoll setzte er sich auf seinen Stuhl und hämmerte sofort auf seine Tastatur ein.

Während das Klappern den ganzen Raum erfüllte, dachte Veronika wieder an ihr Treffen mit Hermann und hatte plötzlich eine Idee.

Sie ließ ihren Computer hochfahren, öffnete die Suchmaschine von Google und gab die Begriffe „Bauunternehmen“ und „Panama“ in die Suchmaske ein. Über dreihundertzwanzigtausend Einträge wurden aufgerufen. Veronika las sich durch Angebotsseiten, auf denen „superbillige“ Immobilien in „Traumlage“ am Pazifik angepriesen wurden. Andere Seiten umwarben Investoren mit dem Versprechen, mit der kommenden Erweiterung des Panamakanals würde der Immobilienwert um hundert Prozent steigen, und wieder andere Seiten warnten vor dubiosen Banken, die mit Investmentfonds lockten, ohne in irgendeinem Register aufzutauchen.

Zwei Stunden später gab Veronika mit einem leisen Stöhnen auf. In ihrem Kopf hatten sich eine Menge Informationen angehäuft, aber keine davon brachte sie weiter.

Zu ihrem Erstaunen hob Kollege Brehm seinen Kopf über den Computerrand und sprach sie an: „Hört sich an, als hättest du ein Problem.“

Sie winkte ab. „Ach, ich wollte nur was im Internet recherchieren.“

Zu ihrer noch größeren Verwunderung stand der sonst so verschlossene Brehm jetzt auf, kam auf ihre Seite und betrachtete kopfschüttelnd die letzte Google-Liste, die sie aufgerufen hatte.

„Warum fragst du mich nicht mal?“

„Das letzte Mal, als ich was gefragt habe, hast du gesagt, ich soll's googeln.“

Brehm kratzte sich zwischen seinen grauen Haarsträhnen, und die Flecken auf seinem Gesicht wurden noch röter. „Über Google geht man nur, wenn man wirklich gar keine andere Datenbank hat", erklärte er. „Und wenn es schon sein muss, dann sollte man bei Google eigentlich schon vorher wissen, was man finden will. Was suchst du überhaupt?"

„Eine deutsche Firma, die in Panama sitzt und einen ganz bestimmten Mitarbeiter beschäftigt beziehungsweise beschäftigt hat."

„Peter Johann."

„Nein, Rüdiger Kiel."

„Und was hat das mit uns zu tun?"

„Ich glaube, in Panama ist es nicht besonders schwer, sich einen falschen Pass mit neuem Namen zu besorgen."

„Wieso hast du in der Dienstbesprechung nichts davon gesagt?", wunderte sich Brehm.

„Arning hat heute zwei Ermittlungsrichtungen gekippt, deine und die von Müller. Ich wollte ihm nicht noch mit einer dritten These kommen, für die es keine Beweise gibt."

Klaus Brehm drückte seine Fingerspitzen auf seine rasierte Oberlippe.

Veronika konnte sein Schweigen nicht deuten. Hatte sie ihn ungewollt verletzt, wirkte sie besserwisserisch auf ihn oder dachte er einfach bloß nach?

Es war wohl Letzteres, denn endlich sagte er: „Die Daten von deutschen Firmen im Ausland bekommt man aus dem Handelsregister. Die Namen der Beschäftigten könnte man über die Sozialversicherung herausfinden."

„Weil die Angestellten von ihrem Arbeitgeber versichert werden“, sagte Veronika, und Brehm nickte. „Zumindest solange es sich um deutsche Angestellte handelt. Aber so einfach kommt man da nicht ran. Man müsste die Kollegen von der Wirtschaftskriminalität fragen.“

Brehm stand auf. „Ich geh da mal vorbei“, sagte er und verschwand.

Eine halbe Stunde später riss er die Tür wieder auf und eröffnete Veronika: „Rüdiger Kiel hat mal einen Vaterschaftstest gemacht.“

„Was hat das denn mit Wirtschaftskriminalität zu tun?“, wunderte sich Veronika.

Brehm zeigte ihr ein seltsames Lächeln.

„Der Kopf ist rund, damit das Denken eine andere Richtung nehmen kann“, zitierte er und ließ offen, was er damit sagen wollte.

„Heißt das, wir haben die DNA von diesem Kiel?“, hakte Veronika nach.

„Zumindest weiß man jetzt, wie man da rankommt.“

„Und dann können wir einen Vergleich mit der DNA-Analyse des Toten machen“, brachte Veronika den Gedanken zu Ende.

Brehm zeigte ihr wieder dieses Lächeln. Es war eine Mischung aus Arroganz und Nachsicht und bedeutete wohl so viel wie: So etwas versteht sich doch von selbst, aber du bist eben eine Anfängerin.

Laut sagte er: „Jetzt muss man nur noch herausfinden, in welcher Firma dieser Kiel gearbeitet hat. Aber das

ist kein großes Problem, an diese Datenbänke kommt man auch am Freitagabend noch ran."
„Willst du damit nicht noch warten? Vielleicht ist dieser Kiel ja gar nicht Peter Johann."
„Es ist schon genug Zeit vergeudet worden", meinte Brehm und setzte sich wieder hinter seinen Computer. Veronika fiel ein, dass sogar Klaus Brehm verheiratet war. Sie fragte sich, wie selbst so ein komplizierter Mann eine Frau gefunden hatte, während sie immer noch alleine war.

21

Sven und Veronika trafen sich an der U-Bahn-Haltestelle St. Pauli. Sie wollten die Reeperbahn von Osten nach Westen durchkämmen. Veronika trug ein weit ausgeschnittenes T-Shirt und einen kurzen Rock. Eine Kombination, die sich im Spanienurlaub bewährt hatte, wenn sie dort ausging und nicht sofort als Deutsche erkannt werden wollte.

Sven hatte sie am Telefon auch ausdrücklich darum gebeten, etwas anzuziehen, das zur Szene passte. Er selbst hatte sich für eine schwarze Hose und ein schwarzes Seidenhemd entschieden. Der glänzende Stoff spannte sich über seinen Fußballbauch.

„Du siehst ja schnuckelig aus“, rief er, als Veronika ihm entgegentrat.

Du sagst zwar wirklich alles, was dir einfällt, dachte sie, aber wenigstens benutzt du hübsche Worte dafür. Laut erwiderte sie: „Und du siehst aus wie ein Mafia-Boss.“

„Vielleicht komm ich damit ja auch an einen heran“, meinte Sven und ging zielstrebig zur ersten Bar gleich hinter einem argentinischen Steak-Restaurant.

Aber dort war offensichtlich nur der Barkeeper ein Lateinamerikaner. Auf den Barhockern saßen lauter hellhäutige Männer, die Bier aus der Flasche tranken

und auf die Straße starrten, wo Touristengruppen vorbeizogen.
Einige Frauen hatten sich an diesem milden Herbstabend noch einmal ihre freizügigsten Kleider angezogen. Es sah aus, als ermutigten die Sex-Schuppen auf dieser Meile sie dazu, selbst ein bisschen mehr von ihrem Körper zu zeigen.
Das Schweigen der Männer wurde von karibischen Balladen begleitet. Sie kamen aus riesigen Boxen, die über der offenen Tür auf die Straße schallten.
Sven und Veronika gingen ans Ende der Bar, wo man sich beim Reden nicht mehr anschreien musste.
„Ist Alkohol im Dienst okay?", fragte Sven. „Oder bist du da auch so puritanisch wie beim Essen?"
„Ich bin gar nicht puritanisch", erwiderte sie. „Ich will nur keine Chemie in mich reinstopfen."
„Na dann", sagte Sven und bestellte zwei Caipirinha.
„Das muss natürlich die Ausnahme bleiben", erklärte er Veronika, während der Barkeeper bereits den Rohrzucker stampfte.
Sie war froh, dass sie diesen Job mit keinem anderen Kollegen machen musste. Sven war bestimmt der unkomplizierteste von allen.
„Weißt du", sagte er. „Ich komm ja nicht mehr so oft raus, seit die Kinder da sind. Ich dachte halt, wenn wir schon so spät arbeiten, dann dürfen wir uns auch ein bisschen was gönnen."
„Das klingt, als wolltest du dich bei mir entschuldigen", sagte sie.

„Bei dir nicht. Aber beim Alten. Wenn der unsere Caipis sehen würde, der würde ausrasten."
Er lehnte sich zurück, ließ die Eiswürfel im Glas klingeln und fragte, ob sie das Tropical Brasil noch erlebt hatte. Das hatte sie. Die Latino-Bar hatte mal mitten auf dem Spielbudenplatz gestanden, dort wo jetzt zwei riesige Musikbühnen waren.
„Im Tropical Brasil hätten wir unseren Kandidaten bestimmt gefunden. Oder zumindest jemanden, der ihn gekannt hätte", meinte Sven. „Da haben sich doch alle Latinos getroffen. Der Laden war jede Nacht gerammelt voll bis zum frühen Morgen. Und immer hat eine andere Band gespielt."
„Oh ja, das war großartig", stimmte Veronika in seine Schwärmerei ein. „Wo gibt es das heute noch? Und hatten die nicht tolle Musiker?"
„Absolut. Da war doch immer dieser alte Sänger, so ein langer, dünner, der aussah wie die Typen vom Buena Vista Social Club. Der hat auch so gesungen wie die. Ich meine sogar, der war noch besser", sagte Sven.
„Ja ja, ich erinnere mich. Der war aus Panama. Vielleicht könnte der uns weiterhelfen."
„Wer weiß, ob der überhaupt noch lebt", zweifelte Dirk.
„Vor einem Jahr hab ich den noch in Ottensen gesehen. Da sah er noch ganz schön fit aus."
„Mhm", machte Sven. Aber er griff ihre Idee nicht auf. „Jedenfalls schade um diesen Laden", sagte er. „Aber alles hat eben einen Anfang und ein Ende. Ich geh mal unseren Job machen."

Er schwang sich vom Barhocker und ging zum vorderen Ende des Tresens, um den schweigenden Männern das Phantombild zu zeigen.
Er erntete, was sie erwartet hatte: Kopfschütteln.
Und so ging es die ganze Nacht weiter. In jeder Bar dieselbe Reaktion von Barkeepern und von Gästen. Keiner hatte Alonso gesehen, oder keiner wollte ihn gesehen haben.
Sven hatte noch zweimal Caipirinhas geholt, und jedes Mal eine andere Entschuldigung dafür gehabt. „Damit keine schlechte Laune aufkommt", sagte er, als sie nach zwei Stunden immer noch kein Ergebnis hatten. Und in einer Bar am Hans-Albers-Platz, wo fast nur Männer herumstanden und harte Sachen tranken, meinte er: „Wenn wir hier nur Cola bestellen, fallen wir viel zu sehr auf", und orderte zwei Tequila. Aber auch dort hatten sie keinen Verdächtigen entdeckt.
Als sie an ihrer letzten Station ankamen, musste Veronika sich schon ein wenig zusammenreißen, damit niemand merkte, wie beschwipst sie war.
Sie stiegen in das Galerie-Café in der Großen Freiheit 36 hinauf, aus dem man schon von Weitem laute Salsa-Rhythmen hörte. Um die Tanzfläche herum erhoben sich Podeste, auf denen Tische und Stühle standen.
„Hier sitzen ja die Nichttänzer auf dem Präsentierteller", stellte Veronika fest.
„Und haben den besten Überblick", freute sich Sven.
Sie setzten sich an den einzigen Tisch, der noch frei war, direkt am Rand der Tanzfläche. Auf dem Parkett

wimmelte es von Paaren, die sich an den Händen hielten und mit ihren Füßen flink und rhythmisch über den Boden fegten.

„Das Schöne am Salsa ist, dass man bei den Schritten gar nicht anders kann, als mit den Hüften zu wackeln“, kommentierte Sven den Anblick.

„Kannst du denn Salsa tanzen?“, fragte Veronika.

Er nickte. „Bevor ich meine Frau kennengelernt hab, war ich mit einer Bolivianerin zusammen.“

Das klang melancholisch, fand sie.

„Und du?“, fragte er zurück.

„Ich hab's auf Gran Canaria gelernt“, antwortete Veronika. „Wollen wir's mal versuchen?“

„Dafür brauch ich noch 'nen Caipi“, erklärte Sven und verschwand Richtung Bar.

Veronika begann, die Gesichter der jungen Männer in Gedanken mit dem Phantombild zu vergleichen. Es war, wie schon bei allen Lokalen davor, manche schienen ihm auf den ersten Blick zu ähneln, aber bei einem genaueren Vergleich mit der Zeichnung stellte sich jedes Mal heraus, dass die Unterschiede doch zu groß waren. Der Eindruck vom typischen Lateinamerikaner stimmte eben nur auf den ersten Blick. Auf den zweiten wurde deutlich, dass der Mann, den sie suchten, auffällig eng stehende Augen hatte, der Haaransatz über den Schläfen sehr weit oben ansetzte, und solche vollen Lippen waren gar nicht so oft zu sehen.

Sie konnte sich auch nur schwer vorstellen, dass jemand, der gerade einen Mord begangen hatte, in eine

solche Disco ging. Die jungen Männer hier schienen nur von einer Sorge getrieben zu sein, das Mädchen zu bekommen, auf das sie es abgesehen hatten. Und wenn sie es hatten, dann drehten sie es ein und aus und um sich herum, unermüdlich wie es schien, als wollten sie ihren Körper schon mal an den eigenen gewöhnen, an seinen Geruch und seinen Rhythmus, in der Hoffnung, dass nach dem Tanz noch mehr drin war als musikalisches Händchenhalten.
Auf den Tischen standen halbvolle Biergläser, die nur selten angerührt wurden. Wahrscheinlich hatten die meisten kaum Geld, der Eintritt war auch kostenlos. Und die Kleidung beschränkte sich fast nur auf Jeans und helle T-Shirts, auch bei den jungen Frauen. Veronika und Sven sahen dazwischen wie ein aufgemotztes Pärchen aus, das zu alt war, um noch hierherzugehen.
Sven stellte zwei Plastikbecher auf den Tisch, bis oben hin voll mit Eiswürfelchen, zwischen denen das grünliche Getränk schwappte.
„Und? Ist jemand dabei?", fragte er. Sein schwarzes Seidenhemd hatte er zu einem Drittel aufgeknöpft. Veronika sah ein paar spärliche rotblonde Härchen aus dem Ausschnitt sprießen.
„Ich glaub nicht, dass er hier ist", antwortete sie.
Sven blickte auf die Tanzfläche. Die jungen Männer machten alle eine Art Pokerface, allenfalls die Frauen lächelten manchmal, wenn ihrem Partner gerade eine besonders waghalsige Drehung gelungen war.

„Viel reden tun die ja nicht beim Tanzen", stellte Sven fest. „Sieht aber auch ziemlich kompliziert aus, was die da machen."

„Wieso?", fragte Veronika. „Beim Sex sagt man doch auch nicht deshalb nichts, weil er so kompliziert ist." Sie erschrak. Ihr Unterbewusstes war wieder mal voll an ihrer Kontrollschranke vorbeigesaust.

Sven musterte sie von der Seite. „Du willst unbedingt tanzen, stimmt's?"

„Na ja", sagte sie.

„Auf deine Verantwortung."

Das klang wie eine versteckte Drohung, aber Veronika hatte keine Lust darüber nachzudenken. Das lange Zuschauen hatte sie schon ganz kribbelig gemacht. Sie stand einfach auf, um endlich selbst zur Tanzfläche zu gehen.

Ausgerechnet jetzt wechselte die Musik, und aus den Boxen erklang dieses langsame Paradiesgeklimper, das gar kein Salsa war, und eigentlich musste man dafür nicht einmal richtig tanzen. Der ganze Tanz bestand daraus, dass der Mann die Frau eng an seinen Körper zog, ihre Hüften an sein Becken presste und mit ihr im Takt hin und her schaukelte. Veronika stellte verwundert fest, dass Svens Fußballbauch sie gar nicht störte, im Gegenteil, sie fand es sogar ganz angenehm, sich an seinen weichen Körper zu lehnen.

Was machst du denn da, hörte sie ihre innere Stimme, jener Teil in ihr, der versuchte, trotz Alkohol alles unter Kontrolle zu behalten. Aber es meldete sich auch ihre

therapeutische Stimme, die Selbstbestätigungsstimme, die sich während ihrer Psychologenlaufbahn gebildet hatte. Jetzt gönn dir auch mal was, sagte sie in mütterlichem Ton. Dein Bedürfnis nach Nähe ist ganz natürlich. Dafür wurden Tänze wie dieser erfunden, ein kollektives Ritual, das keine persönlichen Konsequenzen fordert. Veronika schob ihren Arm noch ein bisschen weiter um Svens Schultern und tanzte auch den nächsten und übernächsten Titel mit ihm. Sie tanzten so lange, bis ein schneller Rhythmus sie aufschrecken ließ.
Sven war rot im Gesicht. Er lächelte verlegen, räusperte sich und sagte: „Dann konzentrieren wir uns aber jetzt wieder auf die Arbeit."
„Aber unbedingt", sagte Veronika, und das klang viel zu laut. „Was schlägst du vor?", fragte sie leiser, und nun klang es viel zu steif.
Sven hatte sich schneller im Griff.
„Wir gehen zum Tresen, bestellen noch zwei Caipirinhas und versuchen, mal ein bisschen mit den Leuten dort ins Gespräch zu kommen. Aber ohne Phantombild. Ich habe irgendwie das Gefühl, dass wir hier weiter kommen, wenn wir konsequent verdeckt arbeiten."
Kaum hatte Veronika sich auf einen Barhocker gesetzt, stellte sich jemand zu ihr. Der Mann lag weit über dem Altersdurchschnitt der übrigen Gäste. Graumeliertes Haar, ein Mund mit harten Zügen, umrahmt vom Stoppelfeld eines Dreitagebarts. Die Lippen glänzten ein bisschen zu feucht. Er hätte so interessant wie Al

Pacino aussehen können, wäre sein Gesicht nicht bereits von fadem Selbstmitleid zernagt worden.
„Was machst du hier, hab dich noch nie gesehen", sprach er Veronika an. „Ist das dein Freund? ... Nein? Na, dann."
Mit einer einzigen Ellbogenbewegung hatte er sich zwischen sie und Sven geschoben. Sven ließ es geschehen. Er ging zum anderen Ende des Tresens, wo er die beiden im Blick behalten konnte. Dort begann er ein Gespräch mit seinem Nachbarn.
Der Al-Pacino-Mann legte einen Zeigefinger unter Veronikas Kinn und lenkte es so, dass sie ihn ansehen musste. Er sah ihr tief in die Augen und sagte dann:
„Jahrelang bin ich nur gekommen, um eine Frau wie dich zu treffen."
Es klang wie auswendig gelernt und schon tausend Mal aufgesagt.
Sein Ich-bin-in-dich-verliebt-Blick wirkte, als hätte er ihn schon vor vielen Jahren vor dem Spiegel gebastelt. Er sah richtig abgenutzt aus.
„Und was machst du sonst so, wenn du nicht gerade wieder eine Frau deines Lebens anhimmelst", fragte Veronika.
„Oh, mach dir keine Sorgen, ich hab genug Geld."
„So? Wie bist du denn dazu gekommen?"
„Frauen", er drückte ihr seinen Zeigefinger auf die Nase. Als sie nach unten schielte, sah sie den schwarzen Rand seines Fingernagels. „Wollt ihr immer alles ganz genau wissen."

Das war keine Frage, sondern eine Feststellung.

Von Sven fing Veronika einen Blick auf, den sie nicht deuten konnte. Wollte er sie warnen, oder mimte er gerade eine Art Zuhälter, während sie als flirtendes Weibchen verdächtige Personen aus der Reserve lockte?

Doch dem Möchtegern-Al-Pacino war nicht nach Plaudern.

Er packte ihren Oberarm und sagte: „Reden ist nicht gut, ist für Kopf, nicht für Herz. Gehen wir tanzen."

Dabei versuchte er, sie vom Stuhl zu ziehen. Bei so einer brutalen Aufforderung verging selbst Veronika die Lust zum Tanzen. Normalerweise hätte sie seine Hand einfach weggeschlagen, wäre aufgestanden und gegangen.

Aber sie war gerade nicht nur eine Frau, sondern auch Ermittlerin, also besann sie sich auf ihren Job. Sie zog das Phantombild aus ihrer Tasche.

„Schon mal gesehen?"

Al Pacino starrte nicht das Foto, sondern sie an. Dann schrie er los: „Kannst du nicht gleich sagen? Du verarsch mich ganze Zeit."

Er packte sie wieder am Oberarm und zerrte sie vom Barhocker.

„Scheißbullennutte", brüllte er. In diesem Moment erlebte Veronika, wie dieser Club funktionierte. Wie aus dem Nichts kamen zwei kräftige Typen, packten Mister Al Pacino an beiden Armen und bugsierten ihn die Treppe hinunter.

Sven war auch gleich bei ihr. „Ich hab doch gesagt ‚verdeckt', Mensch", fuhr er sie mit unterdrückter Stimme an. Da beugte sich schon der Barkeeper über den Tresen.

„Hört mal zu, ihr beiden. Nicht, dass ich es mir mit der Polizei verderben will, aber ihr fallt einfach zu sehr auf."

„Meine Kollegin kann den Typen anzeigen", fuhr Sven ihn an. Aber der Barkeeper blieb ganz ruhig. „Der bringt euch nichts. Mit dem will niemand was zu tun haben. Wirklich niemand. Und ansonsten seh ich schon selbst zu, wie ich meinen Laden sauber halte, das habt ihr doch gesehen."

„Na, dann kannst du uns ja auch helfen, einen Verdächtigen zu finden", griff Veronika sein Argument auf.

„Klar." Der Barkeeper sah sich das Phantombild an, das sie ihm hinhielt. „Nie gesehen."

„Schon klar", sagte Sven und klopfte zum Abschied auf den Tresen.

Unten auf der Großen Freiheit sahen sie noch den rausgeschmissenen Pacino-Macho in der Menge verschwinden. Von verletztem Stolz gequält warf er seinen Kopf nach hinten.

„Tja, das war's also", sagte Sven. „Ein ganzer Abend ohne Ergebnis. Aber es hat auch niemand was anderes erwartet."

„Und am Ende sind wir noch rausgeschmissen worden", ergänzte Veronika.

„So krass würde ich das nicht sehen", widersprach Sven.

Er hatte seine Hände in die Hosentaschen versenkt und sah die Große Freiheit hinunter. Es war ein Uhr nachts, und der Strom der Touristen, die zum Biertrinken und Nuttengucken nach Hamburg gefahren waren, riss noch lange nicht ab. Einige wankten schon oder brüllten laut. In der Nähe zersprang eine Flasche.

„Na, komm", sagte Sven. „Einen Absacker haben wir uns verdient."

„Aber hier doch nicht." Veronika schlug vor, zur Amphore zu laufen, auch wenn es ein bisschen weit war. „Etwas frische Luft würde mir jetzt gut tun", sagte sie. Sven hatte nichts dagegen, und so überquerten sie die Straße und liefen am Hans-Albers-Platz vorbei Richtung Davidwache.

Wie immer war der Weg gesäumt von Prostituierten. Sie begegneten Veronikas Blicken, als wollten sie eine Bannmeile schaffen, die jede Neugier, jeden überflüssigen Gedanken über sie zunichte machte. In der Davidstraße, direkt gegenüber dem berühmten Polizeirevier, standen die etwas älteren Frauen.

„Da haben die Kollegen aber einen schönen Ausblick", sagte Sven.

Bist eben doch nur ein Bulle, dachte Veronika.

Die Huren wurden immer älter, je weiter sie sich von der Reeperbahn entfernten, und die Bars und Schnapsläden sahen immer billiger aus, bis es überhaupt keine Kneipen mehr gab.

An der Bernhard-Nocht-Straße hatten sie die Rückseite vom Kiez erreicht. Es sah aus, als wäre das Nachtleben hier zu Ende. Dass man nur noch einmal um die Ecke gehen musste, wenn man sein Bier mit Blick auf den Hafen trinken wollte, das wussten nur noch Eingeweihte.

Die Tische vor der Amphore waren fast alle besetzt. Die Leute saßen eingemümmelt in die Wolldecken, die der Barbesitzer bereitgelegt hatte.

Veronika setzte sich an den letzten freien Platz, schlang sich eine Decke um ihre Schultern und schaute über das Hafengelände. Sven besorgte Gin Tonic.

Im Dock 11 der Blohm und Voss-Werft lag eine Fregatte in Bau. Erst vor Kurzem hatte Veronika gelesen, dass die Werft ohne Militäraufträge längst pleite wäre.

„Unsere Kindergärten werden von Steuergeldern aus Kriegsgeschäften finanziert“, sagte sie, als Sven mit zwei Gin Tonics zurückkam. „Das muss man sich mal klarmachen.“

„Was ist denn mit dir los?“, wunderte sich Sven.

„Ach, wenn ich was getrunken hab, seh ich die Welt nur, wie sie wirklich ist“, sagte sie und nahm einen Schluck. Der bittersüße Gin Tonic schwappte in ihren Körper, als würde er von trägen Elbwellen in sie hineingeschaukelt.

Bei Sven schien der Alkohol eher dessen alberne Seite zu verstärken.

Er kicherte. „Soll ich dir was verraten? Ich hätte dieses Latino-Arschloch am liebsten zusammengeschlagen wie ein eifersüchtiger Ehemann. So richtig machomäßig.“

Veronika hörte ihn, und ihr Kopf fühlte sich plötzlich ganz leer an, nur die Gin Tonic-Wellen rauschten in den Ohren. Plötzlich legte sich Svens Hand auf ihren Oberschenkel. Zuerst wollte sie die Hand wegscheuchen. Aber dann überlegte sie es sich anders und tat so, als wäre sie gar nicht da. Während Sven aufgeregt zum Hafen guckte, sah sie verstohlen nach dem Ehering an seinem Finger.

„Wir stecken ganz schön in der Sackgasse“, sagte er.

Was meinte er denn? Die Ermittlungen oder seine Berührung, die höchstens in einer aussichtslosen Affäre enden konnte?

Wäre er nicht verheiratet gewesen, sie hätte diese Berührung längst erwidert. Alkoholknutschereien und One-Night-Stands, dachte sie. Das sexuelle Gnadenbrot des Singles. Aber Sven war kein Single, und Veronika hasste es, wenn sich Erotik anfühlte, als würde sie heimlich ins Bett machen.

Allerdings hatte sie auch das Gefühl, wenn sie nicht bald etwas unternahm, würden sie noch morgen früh hier sitzen und auf den Hafen starren und zusehen, wie Tausende von Containern auf ferngesteuerten Transportern durch die Nacht geisterten.

Eigentlich musste sie nur eine einzige Frage stellen. Allerdings eine Frage, die sie nicht ausstehen konnte. Der Klassiker sozusagen. Nach langem Ringen brachte sie ihn doch: „Und deine Frau?“

Sven stellte sich blöd. „Der geht's gut. Wieso?"
Er nahm seine Hand weg und stand auf, um noch zwei Gin Tonics zu holen. Veronika kuschelte sich tiefer in ihre Decke und schloss die Augen. Der Alkohol schlug immer höhere Wellen in ihrem Kopf. Ihr war, als löste sich ein Anker in ihrem Inneren. Und ein Gedanke schwamm auf einem Wellengipfel wie ein Segelschiff im Wind. War es denn ihr Problem, dass Sven eine Frau hatte? In seinem Alter musste er selbst wissen, was er tat. Ich öffne die Augen erst wieder, wenn ich wachgeküsst werde, dachte sie. Ich will nicht immer Frau Dorn sein, ich will auch mal Dornröschen sein.
Sven ließ die Eiswürfel an ihren Ohren klingeln. „Hallihallo."
Sie seufzte. Das klang eher nach Schneekönigin.
Nun begann er doch, von seiner Frau zu erzählen. Die ganze Geschichte vom Kennenlernen und vom Glück des Kinderkriegens. Er erzählte schnell und nur in ein paar Sätzen.
„Und ich hab bis heute nicht bereut, dass ich sie geheiratet hab", sagte er, und damit hörte er auf.
„Und warum erzählst du mir das alles?", fragte Veronika.
„Du sollst wissen, dass mit meiner Frau und mir so weit alles in Ordnung ist", erklärte er.
„So weit. Und was kommt weiter?"
Er trank einen großen Schluck und sagte dann: „Ich hätte nie gedacht, dass ich mal so wenig Sex in meinem Leben hab."

„Du? Du hast bestimmt mehr als ich."
„Wetten, dass nicht!"
„Wetten, dass doch."
„Okay, sag du zuerst", forderte Sven sie auf.
Stille. Dann fingen beide zu kichern an.
„Ich kann das nicht sagen", sagte sie.
„Ich auch nicht."
Veronika holte ihren Schreibblock aus der Tasche, riss zwei Zettel heraus und gab Sven einen davon.
„Sechs Monate", schrieb sie auf ihr Blatt, das war der letzte Besuch von Hermann gewesen. Dann tauschten sie die Zettel.
„Sechs Jahre", las Veronika.
So alt war seine jüngere Tochter. Ungläubig sah sie ihn an. „Du übertreibst."
Er schüttelte den Kopf. So stumm, dass ihr fast die Tränen kamen.
„Bisher bin ich", stammelte er, „na, man kann schon klarkommen. Aber bei dir, du bist die Erste ... mit der ich ..."
Die hohen Gin Tonic-Wellen schwappten einen neuen Gedanken in ihren Kopf, immer wilder schaukelte er hin und her, bis sie ihn endlich aussprach.
„Du hast die Wette gewonnen", sagte sie. „Du kannst dir was wünschen."
„Echt?"
Er sah sie an, wie er sonst vielleicht einen zehnfachen Cheeseburger angesehen hätte oder eine doppelte Gyros-Platte. Sie schloss lieber die Augen, als er seine

Zunge in ihren Mund schob und ausgehungert nach ihrer suchte.

„Wir können zu mir fahren“, flüsterte sie.

„Geht’s nicht hier irgendwo? Ich muss bald wieder nach Hause. Die Kinder.“

„Ich weiß, wo“, sagte Veronika.

Sie bezahlten und liefen los. Eilig, hungrig liefen sie die Treppen am Goldenen Pudel hinunter. Aus der uralten Discokaschemme schlugen ihnen Technorhythmen entgegen, und eine Gruppe von Rauchern glotzte ihnen mit bekifften Augen nach.

Sie liefen nach rechts, die Hafenstraße entlang. Sven schob eine Hand unter ihr T-Shirt. Endlich hatten sie den Park auf dem Pinnasberg erreicht. Doch hier wartete eine schwere Enttäuschung auf sie.

„Shit“, schimpfte Veronika. „Da waren mal lauter Hecken.“

Ratlos standen sie vor einem Rasen ohne Baum und Strauch. Es gab nicht mal Blumen, nur eine Halfpipe für die Skate-Generation und künstliche Palmen aus Metall.

„Und an der St. Pauli-Kirche?“, flüsterte Veronika. Die stand nur hundert Meter entfernt und war von dichtem Grün umwachsen. Sie kletterten über einen niedrigen Eisenzaun, und unterm Schutz der Bäume hatten sie bald einen verborgenen Platz gefunden. Der kurze Rock war jetzt ein Glücksfall. Mit einer einzigen Bewegung zog sich Veronika den Slip von den Beinen. Sie schlang ihre Arme fest um Svens

Schultern, er hob sie, leicht wie sie war, auf seine Oberschenkel.

Im Schatten des Kirchengemäuers taten sie endlich, was Gottes Natur verlangte, so bedingungs- und besinnungslos, als wäre ein Orgasmus die Lösung aller Probleme. Für einen Moment empfand Veronika tiefe Liebe zu ihrem Kollegen, eine so tiefe Liebe sogar, dass sie eine Sekunde lang glaubte, es könnte für die Ewigkeit reichen.

Sven gab ein unterdrücktes Brüllen von sich, und einen Moment lang verharrten sie, wie sie waren, bevor sie sich voneinander lösten und sich auch das Gefühl der großen Liebe langsam wieder zurückzog. Es wich einem anderen Gefühl, das auch ein gutes war, der Beginn einer Freundschaft vielleicht.

Auf dem Weg zur U-Bahn gab es ein Café, das noch geöffnet hatte. Sie gingen hinein, tranken Espresso und Sven rauchte eine „Zigarette danach".

Draußen wurde es langsam hell. Veronika sah aus dem Fenster. Es gibt keinen Grund, ein schlechtes Gewissen zu haben, sagte sie sich, und zu Sven sagte sie: „Es war wie ein Traum."

„Es war ja auch einer. Und wir haben zufällig beide dasselbe geträumt."

22

„Der Mensch ist derselbe", las Veronika auf dem Haftzettel, der auf dem Protokoll des DNA-Vergleichs klebte. Darunter lag ein Dossier über die Firma Panacasa Bau Invest GmbH. Klaus Brehm musste wie wild geackert haben, um ihr diese Ergebnisse auf den Schreibtisch zaubern zu können.

Weniger erfreulich war der Anblick unter dem Faxgerät. Zwischen dreißig und vierzig Schiffe liefen den Hamburger Hafen an einem Tag an, und genauso viele verließen ihn auch wieder. Veronika war viel zu spät zum LKA gefahren. Es war schon um zwölf, und die gefaxten Besatzungslisten schlugen bereits hohe Papierwellen auf dem Boden unter dem Faxgerät. Gerade schob sich wieder eine neue Liste durch den Schlitz.

Auch der Anrufbeantworter blinkte ungeduldig und spielte ihr auf Knopfdruck Dirks Notruf vor. „Wo steckst du denn? Ich bin schon seit zehn im Hafengelände und frag Hinz und Kunz. Ich brauch deine Ergebnisse."

Es war mehr als Riesenglück, dass sie schon nach zwanzig Minuten die erste Übereinstimmung gefunden hatte. Ein Matrose, der letzten Samstag angekommen war, heuerte jetzt bei einem Schiff der Hamburg Süd Richtung Buenos Aires an.

Sie wählte Dirks Nummer und gab ihm den Liegeplatz des Schiffes durch.
„Wird ja Zeit, dass du anrufst. Ist wohl spät geworden gestern Abend?“
„Na ja, die Reeperbahn hat schon eine Menge Bars mit lateinamerikanischem Publikum“, antwortete Veronika.
„Ihr solltet doch nur das Fahndungsbild rumzeigen. Habt ihr was rausgekriegt?“
„Leider nicht.“
„Was habt ihr dann so lange gemacht?“, fragte er weiter.
„Dirk, wir haben unseren Job gemacht.“
Sein Schweigen rauschte durch die Telefonleitung und schien voller stiller Verdächtigungen zu sein. Sie musste letzte Nacht verrückt gewesen sein, sie war umgeben von Kriminalbeamten. Die rochen doch sofort, was los war.
„Ich mach dann mal weiter“, sagte Veronika und legte auf.
Bis zum Abend verglich sie die Listen, aber es gab nur noch eine weitere Übereinstimmung. Sie waren zu spät dran. Die Matrosen, die Peter Johann gesehen hatten, fuhren jetzt alle auf dem Meer. Die zwei, die noch hier waren, waren die große Ausnahme.
Es war schon sieben Uhr abends, als sich Veronika endlich um Brehms Dossier kümmern konnte. Sie machte sich einen Kaffee und beugte sich neugierig über die Unterlagen, doch da klingelte ihr Telefon wieder.

Es war Sven. Sie hatte seinen Anruf erwartet und befürchtet.
„Na, wie geht's dir", fragte er. Es klang alarmierend zärtlich.
„Saumüde", sagte sie. „Träumen ist ganz schön anstrengend."
Er kicherte. „Und wie sieht's aus? Träumen wir heute Abend weiter?"
„Weißt du, Sven. Ich hab hier eine Menge Arbeit auf dem Tisch. Und gestern hast du ja selbst festgestellt, dass Milieustudien den Fall nicht weiterbringen."
Sven, dem in jeder Situation und zu allem etwas einfiel, sagte jetzt nichts. Das war unangenehm. Und als er sich wieder hören ließ, hatte er einen vorwurfsvollen Ton. „Wenn du nicht weitermachen willst, versteh ich das ja. Aber wieso kommst du mir mit solchen faulen Ausreden. Ich bin doch nicht bescheuert."
Er hatte recht. Sie hatte ihn mit Ausflüchten abspeisen wollen, und das hatte er nicht verdient.
„Sven, es ist wie eine leere Spur", sagte sie. „Wir sind in eine Richtung gegangen, wo es nicht weitergeht. Das weißt du genauso gut wie ich."
„Ich dachte, du wärst mutiger", sagte er, dann legte er auf.
Veronika starrte auf den Telefonkasten. Was hab ich da bloß angerichtet, dachte sie. Doch die Psychologinnenstimme in ihrem Kopf verbesserte: Was haben wir da angerichtet, heißt es. Wenn es um Männer ging, kam das Verhaltensmuster ihrer Kindheit am schnells-

ten durch. Sie hatte immer die Lücken gefüllt, die von den Freunden ihrer Mutter gerissen wurden. Als Tochter war sie die Trösterin der Mutter gewesen. Und nun ging es ihr Sven gegenüber genauso. Sie hätte ihn am liebsten noch einmal angerufen, um ihn zu trösten, das Dumme war nur, dass sie selbst die Ursache seiner verletzten Gefühle war. Ihre Therapeutenstimme hatte ganz schön zu tun, um sie aus dem Loch des schlechten Gewissens herauszuholen. Für die wilde Träumerei an der Kirchenmauer war Sven genauso verantwortlich wie sie. Also musste er nun auch seinen Teil dazu beitragen, diesen schönen Traum wieder loszulassen.
Das wirst du schon schaffen, sagte Veronika in Gedanken zu Sven. Zur Antwort hörte sie das Tuten des Telefonhörers, den sie immer noch in der Hand hielt. Sie legte auf.
Endlich konnte sie sich dem Laborbericht zuwenden.
„Mit 95-prozentiger Wahrscheinlichkeit Übereinstimmung", las sie, und das machte sie mit einem Schlag wieder hellwach.
Peter Johann war Rüdiger Kiel. Das war die erste vernünftige Spur, seit sie den Toten gefunden hatten. Veronika war gespannt, was das Dossier über die Firma Panacasa zu diesem Fall beitragen konnte.
Doch was sie zu lesen bekam, bremste ihre Euphorie bald wieder.
Die Firma war als deutsches Unternehmen im Handelsregister eingetragen. Sie hatte eine Handvoll Mitarbeiter, die alle über die Firma versichert waren. Rüdiger

Kiel gehörte dazu. Auch alle anderen Behördenmeldungen hatte Panacasa ordentlich erledigt. Die Steuererklärungen gingen jeweils pünktlich beim Hamburger Finanzamt ein, und einmal jährlich wurde sogar ein Steuerbetrag abgeführt im Rahmen eines sogenannten Außensteuergesetzes.
„Man kann die Firma auch googeln“, hatte Brehm notiert.
Veronika ließ ihren Computer hochfahren und sah kurz darauf die Seite der Baufirma, die in deutsch und spanisch verfasst war. Ein grafisch professionell gemachtes Portal, das die Vorteile erläuterte, die mit einer Investition am „Kanal der Zukunft“ einhergingen. Auf verschiedenen Bildern sah man Hochhäuser, die bereits gebaut waren. Einfallslose Wolkenkratzer, genau wie Hermann es beschrieben hatte. Das fügte sich alles zu einem Bild, allerdings zu keinem, das ein Tatmotiv offenbarte.

23

Am Montagmorgen war Veronika die Letzte, die zur Dienstbesprechung kam. Ihre S-Bahn hatte ein paar Minuten auf der Strecke gestanden.

Als sie die Tür öffnete, sahen alle fünf Männer zu ihr, und jeder musste etwas anderes denken.

Dirk wusste bereits von Rüdiger Kiel, er war neugierig auf die Details. Arning, der ebenfalls vorinformiert war, betrachtete sie skeptisch. Warum sollte ausgerechnet von dieser unerfahrenen Quereinsteigerin das entscheidende Indiz kommen? Brehm war verschlossen wie immer und wartete wahrscheinlich darauf, dass sie etwas Falsches sagte, das er korrigieren konnte, und Sven, Sven sah heute viel weniger gelassen aus als sonst. Er wich ihrem Blick aus und betrachtete stattdessen den einsamen Kaktus auf dem Fensterbrett. Veronika hätte gern gewusst, welche Gefühle er hinter seiner neutralen Angestelltenmiene verbarg.

Der Einzige, der ihr vorwurfsvoll entgegenblickte, um zu zeigen, dass er eine dreiminütige Verspätung nicht tolerieren konnte, war Müller.

Bevor sie beginnen konnte, berichtete Dirk Rose von den Hafenrecherchen. Am Sonntag hatten sie noch einen dritten Matrosen gefunden, der mit dem Opfer auf dem Schiff gewesen war. Alle drei Zeugen schilder-

ten Peter Johann als auffallend netten Kerl, der allerdings keine Ahnung vom Matrosenleben hatte. Er habe in der Küche gearbeitet und sei in den ersten Tagen der Fahrt seekrank geworden, was für große Erheiterung gesorgt hätte.
„Alles spricht dafür, dass dieser Mann zum ersten Mal auf einem Schiff war", schloss Dirk. „Möglicherweise wollte er unbemerkt aus Panama fliehen und hat darauf gehofft, dass man die Besatzungsliste eines Schiffes schwieriger kontrollieren könnte als die Passagierlisten von Flugzeugen."
Dirk gab an Sven weiter, doch der winkte nur ab.
„Auf der Reeperbahn ist absolut nichts rausgekommen. Nada", fügte er hinzu. Die Kollegen nahmen es als Anspielung auf die lateinamerikanische Szene und schmunzelten. Veronika allerdings dachte, dass das spanische „Nichts" eine Botschaft an sie war, der Ausdruck seiner ganzen Enttäuschung. Doch für Sentimentalitäten hatte sie jetzt keine Zeit. Dirk nickte ihr zu, und sie begann, den Kollegen von der wahren Identität des vermeintlichen Peter Johann zu berichten. Wie erwartet unterbrach sie Klaus Brehm mehrmals, weil sie einige Fachbegriffe seiner Meinung nach nicht ganz korrekt verwendete, aber das schmälerte nicht die Wirkung, die ihr Bericht hatte.
Großes Wohlwollen von Dirk Rose, Überraschung bei Sven, versteckter Neid bei Herbert Müller, und Arning wurde zum ersten Mal, seit sie an diesem Fall arbeiteten, richtig lebendig. Er erhob sich und ging zum Flip-

chart, um die Fakten grafisch zu sortieren. Eine Methode, die er schon bei anderen Fällen angewendet hatte.

An den oberen Rand des Blattes schrieb er auf die linke Seite „Panama“ und auf die rechte „Hamburg“. Unter beiden Orten notierte er eine Liste von Begriffen, für die es Indizien oder berechtigte Vermutungen gab. Links stand „Drogen, Baufirma aus Deutschland, Freihandelszone“, rechts „Täter aus Lateinamerika, Aktenkoffer, Freihandelszone“.

Die Kollegen starrten auf die Listen und brüteten vor sich hin.

Als Erstes sagte Herbert Müller etwas. „Liegt das denn nicht auf der Hand? Die beiden Freihandelszonen eignen sich ideal für den Drogenschmuggel. Hinter der Baufirma verbirgt sich die übliche Geldwäscherei der Drogenmafia.“

Brehm nickte mehrmals und bestätigte: „In der Sonderkommission für Drogen ist man gerade einem ganzen Clan auf der Spur. Es sieht aus, als würden vom Hamburger Hafen aus Drogen in alle Welt verteilt.“

„Wahrscheinlich wollte sich dieser Rüdiger Kiel ein paar Kilo abzweigen und damit sein privates Geschäft machen“, sagte Müller. „Er war ein eiskalter Straftäter, und einer, der noch kälter war, hat ihn umgebracht.“

Dirk Rose rieb sich die Hand übers Gesicht. „Aber warum kümmert sich ein eiskalter Verbrecher stundenlang um ein kleines Mädchen? Warum lässt er das Kokain so lange Zeit im Seemannshotel?“

Arning schrieb auf die rechte Seite: „Kind (missbraucht)“ und „Seemannsheim“. Dann wandte er sich wieder den Kollegen zu.
„Noch was?“
„Baufirmen gibt es auf der rechten Seite auch“, sagte Veronika. „Hinter der Speicherstadt wird die HafenCity gebaut. Und Rüdiger Kiel hat immerhin Architektur studiert.“
Arning dachte nach, dann schüttelte er den Kopf. „Der springende Punkt bleibt: Was wollte er in der Speicherstadt?“
„Wenn der Mörder ein Komplize von ihm war, dann könnten sie dort einen Treffpunkt ausgemacht haben“, sagte Sven. „Die Speicherstadt ist doch gut für dunkle Geschäfte. Nah am Hafen, wenig Leute, zumindest am Sonntag.“
Veronika war froh, dass er endlich etwas gesagt hatte, sein langes Schweigen war ihr unheimlich gewesen.
„Aber warum hat er sich um das Kind gekümmert?“, beharrte Dirk.
„Vielleicht Kinderhandel“, sagte Müller.
„Du meinst, jemand der mit Drogen dealt, verkauft auch kleine Mädchen?“, nahm Arning den Gedanken auf.
„Warum nicht?“, bestätigte Müller.
Arning sah sich die beiden Listen eine Weile an.
„Das einzige Konkrete, was wir haben, ist diese Baufirma“, stellte er fest. „Die sollten wir uns genauer

ansehen. Wer sind die Geschäftsführer? Haben sie Verwandte in Deutschland und so weiter?“

Dirk und Sven sollten sich darum kümmern, während Brehm und Müller weiter nach Anhaltspunkten für einen Drogenschmuggel suchten.

Veronika war die Einzige, die nichts zu tun bekam. Hab ich etwa den entscheidenden Hinweis gegeben, um jetzt schon wieder ins Abseits geschoben zu werden, fragte sie in Gedanken. Arning lächelte, als hätte er den stummen Protest gehört.

„Keine Sorge, du bekommst genug zu tun“, sagte er. „Die Analyse des Spermas hat uns jetzt zu Britnis Vater geführt. Den haben die Kollegen in Hannover in der Kartei wegen Gewaltdelikten. Zum Glück haben sie ihm auch mal die DNA mit abgenommen. Er hat schon lange nicht mehr bei seiner Familie gewohnt, muss wohl ganz plötzlich wieder dort aufgetaucht sein. Das Mädchen heißt Sandra Lindemann. Die Mutter wird vom Jugendamt betreut.“ Arning machte eine Pause, als hätte er gerade den Faden verloren. Dann sah er Veronika an. „Eigentlich geht uns dieser ganze Mist gar nichts an. Aber ich hab die Eltern herbestellt. Vielleicht redet Sandra ja mit ihnen. Morgen früh um zehn sind sie hier.“

Veronika telefonierte mit dem Jugendamt Hannover. Mit der zuständigen Kollegin kam sie überein, dass es das Beste wäre, Sandra vorläufig in dem Hamburger Heim zu lassen.

„Vielleicht können Sie das Kind dazu bewegen, eine Anzeige zu erstatten“, sagte die Beamtin.
Am frühen Nachmittag fuhr Veronika zum Kinderheim. Britni, die also in Wirklichkeit Sandra hieß, war noch auf dem Weg von der Schule.
Bald sah Veronika sie zusammen mit zwei anderen Mädchen die Straße entlangkommen.
„Werden sie denn von niemandem begleitet?“, fragte sie eine Erziehrin, die auch schon auf die Kinder wartete.
„Ich bitte Sie, die Kinder sind zwölf!“
„Aber Sandra sollte doch ...“
„Ja ja, ich weiß“, sagte die Frau. „Aber dafür haben wir nicht genug Personal. Da müssen Sie ihr schon einen Bodyguard schicken.“
Es schien ja gut zu gehen, beruhigte sich Veronika. Dass der Mörder seine einzige Zeugin noch im Visier hatte, war ja nur eine Vermutung gewesen. Wahrscheinlich war er längst über alle Berge.
Die anderen beiden Mädchen erzählten von einem Film, den sie gesehen hatten. Sandra lief aufmerksam neben ihnen her und ihr Gesichtsausdruck zeigte, wie gern sie ihnen zuhörte.
Auch als sie Veronika sah, schien sie sich zu freuen. Zumindest lief sie ihr gleich entgegen, und Veronika tat es jetzt schon leid, dass sie ihr gleich die Laune verderben musste.
Sie setzten sich auf eine Bank, die am Rand eines Spielplatzes stand. Zuerst erzählte sie Sandra, dass sie jetzt

wussten, wie sie wirklich hieß und wer sie so gequält hatte. Aber diese Nachrichten schienen Sandra nicht sehr zu interessieren. Das Mädchen ließ sie an sich abgleiten wie etwas Unvermeidbares, das man über sich ergehen lassen musste.

„Du kannst eine Anzeige erstatten“, sagte Veronika. Sie holte die entsprechenden Formulare aus der Tasche. „Damit wäre es sehr einfach, deinen Vater gerecht zu bestrafen.“

Sandra nahm ihr die Papiere aus der Hand und auch den Stift, den Veronika bereitgehalten hatte, und schrieb in die erste Zeile des Formulars: „Das will ich nicht.“

Darunter schrieb sie: „Der Ranzen ist jetzt meiner.“

Sie hob den blauen Schulrucksack hoch, den sie kurz zuvor neben sich an die Bank gestellt hatte. Dann nahm sie wieder den Stift und schrieb: „Im Diktat habe ich heute eine 1 bekommen.“

Veronika konnte gut verstehen, dass Sandra sich nur noch auf die schönen Dinge in ihrem Leben konzentrieren wollte. Trotzdem musste sie ihre nächste Frage stellen.

„Dein Vater wird morgen in Hamburg sein. Willst du ihn sehen?“

Wie erwartet schrieb Sandra ein großes „NEIN“ auf das Formularpapier.

„Und was ist mit deiner Mutter?“, fragte Veronika. „Sie wird auch kommen.“

Sandra senkte ihren Blick. Ihre Hände krampften sich

um die Holzlatte der Bank, bevor sie mit einem Ruck aufstand und weglief.
Veronika ging ihr nach. Sie erreichte ihr Zimmer, in dem zwei ältere Mädchen saßen und Schulaufgaben machten.
Sandra hatte sich in eins der drei Betten verkrochen, den Rücken an die Wand gelehnt. Immerhin zog sie sich die Decke nicht mehr über den Kopf. Veronika setzte sich auf die Bettkante. Die beiden großen Mädchen unterbrachen ihre Schularbeiten und schauten neugierig zu, wie sie versuchte, mit Sandra zu sprechen.
„Wir können es so arrangieren, dass du nur deine Mutter siehst. Das ist gar kein Problem."
Sandra hob ihre Hände und drückte sie an ihre Ohren. Veronika blieb sitzen.
„Sie sehen doch, dass sie nicht will", sagte eins der beiden Mädchen. „Was wollen Sie denn noch von ihr?"
Sie hatten recht, aber bevor sie gehen konnte, musste Veronika noch etwas fragen. Sie zog das Phantombild von Alonso aus der Tasche und hielt es Sandra vor das Gesicht.
„Kann es sein, dass du diesen Mann am Sonntagabend in der Speicherstadt gesehen hast?"
Mit den Händen an den Ohren drehte Sandra sich weg. Veronika legte ihr eine Hand auf die Schulter. „Es tut mir leid. Ich bin jetzt fertig. Ich gehe wieder."
Sie verließ das Zimmer. Hinter sich hörte sie eins der beiden Mädchen. „Die hat vielleicht genervt."

Arning wird ganz schön enttäuscht sein, dachte Veronika. Sie selbst war es nicht. Das Mädchen machte das einzig Richtige in ihrer Situation. Manchmal konnte Verdrängung etwas sehr Gesundes sein, zumindest für ein Kind.

24

„Dann liefern Sie dem Staatsanwalt von Hannover wenigstens ein schönes Geständnis“, sagte Arning, bevor Veronika den Vernehmungsraum betrat.

Er ließ sie allein mit Herrn und Frau Lindemann. Das konnte heißen, er akzeptierte sie nun endlich als neue Kollegin, oder ihm war die Sache so zuwider, dass er sie gern anderen überließ. Natürlich verfolgte er die Vernehmung im Supervisionsraum hinter dem Einwegspiegel.

Veronika nahm sich zuerst das Geständnis vor, bevor sie das Ehepaar als Zeugen vernehmen wollte.

Herr Lindemann war ein untersetzter Mann mit einem Gesicht, auf dem der Alkohol deutliche Spuren hinterlassen hatte. Die rote Nase wurde von großen Hautporen aufgetrieben, und über die glänzenden Wangen zogen sich dünne violette Äderchen. Seine kleinen Augen waren zwischen dicken Wülsten eingesunken. Er starrte unentwegt auf die Tischplatte.

„Ich würde gern wissen, was am vorletzten Wochenende zwischen Ihnen und Sandra passiert ist“, begann Veronika, bemüht, ihre Frage möglichst offen zu formulieren.

„Die hat doch sowieso schon alles erzählt“, nuschelte der Mann.

„Herr Lindemann, Sie haben bereits erfahren, dass Ihre Tochter nicht mehr spricht. Dass sie sexuell missbraucht wurde, haben die Untersuchungen ergeben."
„Ich hab nüscht gemacht", behauptete er und zog sich hinter seinen dicken roten Backen zurück wie hinter eine Mauer.
„Wir wissen ohnehin, dass Sie es waren! Ein Geständnis würde Ihre Lage nur erleichtern."
Sandras Mutter schluchzte auf. Sie war schon mit geröteten Augen hereingekommen und drückte sich die ganze Zeit ein Taschentuch auf den Mund. „Zehn Jahre hat er mich mit der Sandra allein gelassen. Und dann kommt er und macht alles kaputt."
Das konnte eine Erklärung dafür sein, warum Sandra vor diesem Mann weglaufen konnte. Es gab nichts, was sie an ihn band, höchstens ein Wunschbild, das er in wenigen Stunden zerstört hatte.
„Hör auf", fuhr Lindemann seine Frau an. „Ganz unschuldig biste ja auch nicht."
Sie war eigentlich größer als er. Aber ihre Schultern bogen sich nach vorn, als wollte sie ihren großen Busen verbergen. Eingesunken saß sie neben ihm. Sie wandte sich an Veronika mit einem Blick, der zu sagen schien: Du bist doch eine Frau, du weißt doch, wie das ist.
„Ich dachte doch nur, wenigstens die Kleine soll im Bett schlafen", erklärte sie. „Mich hat er ja auf dem Küchenboden liegen lassen."
„Weil du besoffen warst", fuhr der Mann sie wieder an.

„Ich hab mich doch gefreut, verstehen Sie. Vor allem für die Sandra. Die Sandra hat ja immer gesagt: Mein Papa, mein Papa, wenn der mal wiederkommt. Und dann war er da. Und wir haben uns gefreut. Und wenn man sich freut, da trinkt man doch mal einen, oder nicht?"

„Und dann haben Sie zugesehen, wie der Papa, auf den sich Ihre Tochter seit Jahren gefreut hat, sie ins Ehebett zerrt und ..."

Frau Lindemann unterbrach sie. „Ich dachte doch, der kuschelt nur ein bisschen."

„Kuscheln zwischen einem Vater und einer zwölfjährigen Tochter? Was verstehen Sie denn darunter?"

„Die hat überhaupt gar nüscht verstanden", fuhr Lindemann dazwischen. Er kicherte heiser. „Besoffen auf'm Fußboden."

„Da haben Sie sich lieber an Ihre Tochter gehalten als an so ein Wrack", sagte Veronika.

„Kann man doch verstehen, oder?"

Das genügt, dachte Veronika. An der Stelle können die Kollegen in Hannover weitermachen.

„Wir werden das Protokoll zusammen mit den Laborergebnissen nach Hannover überstellen", erklärte sie dem Verhörten. „Ihre Tochter hat zwar deutlich gemacht, dass sie keine Anzeige erstatten will, aber ich denke, der Staatsanwalt hat genug, um auf Sie zuzukommen."

Zum ersten Mal sah Lindemann sie an mit seinen kleinen Augen.

„Ich hab da mal 'ne Frage. Was hängen Sie sich da eigentlich rein? Das is 'ne Sache zwischen der Sandra und mir. Das geht Sie doch gar nüscht an. Ich will doch auch nicht wissen, mit wem Sie rummachen."

„Herr Lindemann", Veronika holte tief Luft. „Ich möchte Sie nur noch ganz kurz zu einer anderen Sache befragen."

Aber der Mann hörte gar nicht zu. Das tat er wahrscheinlich nie.

„Soll ich mich mal in Ihre Privatsachen reinhängen, ja?", schimpfte er weiter. „Ich wette, Sie haben nicht mal ein Kind, obwohl Sie mit jedem vögeln, der Ihnen über den Weg läuft, so wie Sie aussehen. Das is wohl besser, oder was?"

Veronika hielt es nicht mehr auf dem Stuhl. Sie ging bis zur gegenüberliegenden Wand, kam dann zurück und blieb vor Lindemann stehen. Dann sagte sie so leise sie konnte: „Es ist Ihnen vielleicht neu, aber es gibt in diesem Land Gesetze zum Schutz von Kindern. Und die werden notfalls auch gegen die eigenen Eltern angewendet. Ich mische mich nicht ein, ich erfülle ein Gesetz."

Lindemann sah wieder auf die Tischplatte. Im Grunde ist es verblüffend, wie schnell der klein beigibt, dachte Veronika. Komischerweise machte sie genau das erst richtig wütend.

„Ist Ihnen eigentlich klar, dass Ihre Tochter beinahe umgebracht wurde?", fragte sie ihn. „Und warum? Weil sie weggelaufen ist. Vor Ihnen. Juckt Sie das überhaupt?"

Sandras Mutter schluchzte wieder. Leute wie die Lindemanns waren Veronika nicht fremd. Als Therapeutin hätte sie an dieser Stelle mit der Arbeit angefangen, hätte versucht, das Verantwortungsgefühl, das bei den beiden allenfalls ein verschüttetes Pflänzchen war, wieder hochzupäppeln. Als Ermittlerin hatte sie ihre Aufgabe erledigt.

„Sie werden dem Jugendamt in Hannover sicher noch Einiges erklären müssen", schloss sie den ersten Teil der Befragung ab. „Wir haben Sie hierher nach Hamburg bestellt, weil uns noch ein paar andere Dinge interessieren."

Sie legte die beiden Fahndungsbilder auf den Tisch.

Lindemann schenkte den Bildern nur einen flüchtigen Blick und machte wieder dicht. Seine Frau dagegen gab sich Mühe, wie ein kleines Mädchen in der Schule, das sich beim Lehrer beliebt machen will. Angestrengt betrachtete sie das Foto von Kiel und die Phantomgrafik von Alonso. „Beim besten Willen", stöhnte sie nach einer Weile. „Die hab ich noch nie gesehen."

„Und haben Sie eine Erklärung dafür, warum Sandra mehrere Stunden bei einem Mann geblieben ist, den Sie gar nicht kannte? Wahrscheinlich ist sie sogar bei ihm geblieben, als er starb. Glauben Sie, dass sie das bei einem völlig Fremden tun würde?"

„Die Sandra ist so ein gutes Mädchen", sagte Frau Lindemann so eifrig, als müsste sie ihre Tochter verteidigen. „Die macht alles zu Hause. Frühstück und Abendbrot, Geschirr spülen, alles. Die kann sogar kochen, und mit der Waschmaschine kennt sie sich auch aus. Nur, wenn sie einen Mann sieht, dem hängt sie sofort am Rockzipfel. Deswegen hat's der Papa ja auch so leicht gehabt."

Vielleicht, dachte Veronika, war Rüdiger Kiel der erste Mensch in Sandras Leben, der sie so behandelte, wie es ein normaler Vater tun würde. Ein Mann, der mit ihr in ein Café ging und ihr Kakao kaufte, der sich mit ihr unterhielt. Veronika kannte die Träume eines vaterlosen Mädchens verdammt gut, und sie konnte sich lebhaft vorstellen, wie glücklich Sandra mit Rüdiger Kiel gewesen war. Nach allem, was sie erlebt hatte – glücklich über seine ganz normale Freundlichkeit. Und ausgerechnet dieser Mann wird beinahe vor ihren Augen umgebracht. Es war fast ein Wunder, dass das Mädchen „nur" verstummt war. All das hätte sie Sandras Mutter gern erklärt, aber das war nicht ihre Aufgabe.

„Ich hab nur noch eine letzte Frage", sagte sie. „Gibt es in Ihrem Bekanntenkreis jemand, der blind ist?"

„Ja, ja", bestätigte Frau Lindemann wieder sehr eifrig. „Mein Bruder. Der wohnt gleich nebenan. Den hat die Sandra ganz besonders gern."

„Hat sie sich um den etwa auch noch gekümmert?"

„Ja, und wie. Ganz rührend hat sie das gemacht."

„Der ist auch total versaut", brummte Herr Lindemann.

„Okay. Vielen Dank, dass Sie hergekommen sind", brach Veronika das Gespräch ab. Sie ließ die beiden von einem Beamten nach draußen bringen und ging selbst in den Raum hinter der Glasscheibe.

„Das war doch ganz ordentlich für den Anfang", kommentierte Arning.

Sie ließ sich erschöpft auf einen Stuhl sinken.

Gemeinsam mit Arning schaute sie durch die Glasscheibe in das Vernehmungszimmer. Ein Beamter stellte die Stühle wieder ordentlich um den blanken Tisch und verließ dann den Raum. Und Veronika dachte für einen Moment, dass diese Leere aussah wie der Inbegriff des Friedens.

25

Kurz vor Feierabend trommelte Arning das Team noch einmal zu einer Besprechung zusammen. Herbert Müller und Klaus Brehm waren mit ihren Recherchen über die Baufirma Panacasa gut vorangekommen. Der Inhaber und Geschäftsführer kam aus Hamburg. Ein gewisser Dr. Helmut Brandt hatte die Firma vor drei Jahren gegründet. Rüdiger Kiel wurde noch immer als einziger Architekt geführt, obwohl er schon seit mindestens drei Wochen verschwunden sein musste.

„Die Auftraggeber dieses Unternehmens kommen fast alle aus Deutschland", erklärte Brehm. „Das widerspricht der These, dass es sich um Geldwäsche handeln könnte. Dann müssten die Investoren aus Kolumbien oder anderen Drogenländern kommen. Allerdings weiß man hier in Deutschland auch nicht alles über die Kokaingeschäfte dort."

„Wir sollten mit den deutschen Investoren reden", sagte Herbert Müller.

Arning wiegte den Kopf. „Erstmal wissen wir noch gar nicht, ob die Arbeit von Rüdiger Kiel etwas mit dem Mord zu tun hat. Habt ihr etwas Verdächtiges gefunden? Nein. Aber selbst wenn dieser Dr. Brandt hinter der Sache stecken würde, müssten wir sehr vorsichtig sein. Der ist im Ausland. Der kann jederzeit untertauchen, sobald er merkt, dass wir ihm auf der Spur sind. Er selbst ist sowieso nicht der Täter."

Brehm nickte, und Müller sah in stiller Verärgerung zum Kaktus auf dem Fensterbrett. Der alte Herr tat Veronika allmählich leid. Fast jeden Tag musste er Niederlagen einstecken.

„Ich hab mich noch mal auf den Tatverlauf konzentriert", begann Arning ein neues Thema. „Also erstens ist klar, dass es kein zufälliger Raubmord war. Der Täter wusste genau, wen er umbrachte. Zumindest wusste er von diesem Koffer, der von Panama nach Hamburg gebracht wurde. Allerdings hab ich mich lange gefragt, woher der Täter oder sein Komplize wohl wussten, dass der Koffer im Seemannsheim war. Die Quittung war ja in den Sachen des Mädchens."

Er sah in die Runde. „Ich hab auch noch mal dort angerufen. Sie waren ganz sicher, dass Kiel beziehungsweise Peter Johann sein Zimmer nicht vorab reserviert hat."

Veronika meldete sich jetzt zu Wort, um daran zu erinnern, dass es rund um den Michel niemanden gegeben hatte, der Rüdiger Kiel gesehen hatte.

„Vielleicht hat er sich ja in seiner Unterkunft verkrochen, weil er wusste, dass ihn jemand verfolgt", sagte sie.

„Aber warum hat er das Seemannsheim dann am nächsten Morgen verlassen?", erwiderte Sven. „Gegen elf Uhr, laut Pförtneraussage."

„Na wahrscheinlich, weil er dachte, sein Verfolger ist nicht mehr da", sagte Herbert Müller auf seine gewohnt herablassende Art. Diesmal schien er allerdings richtig zu liegen.
„Es war ja auch wieder hell", fügte Dirk Rose hinzu.
Arning nickte. „Man kann tatsächlich den Eindruck bekommen, dass dieser Täter am liebsten im Dunkeln agiert."
„Aber woher wusste er, dass sein Opfer in der Speicherstadt war?", überlegte Dirk.
„Er ist über Nacht einfach am Michel geblieben und hat das Seemannsheim nicht aus den Augen gelassen", vermutete Sven.
„Für ein paar tausend Euro Belohnung würde sich so ein Aufwand schon lohnen", meinte Herbert Müller trocken. „Für einen Illegalen jedenfalls."
Dirk Rose fuhr sich mit der Hand übers Gesicht. „Aber wenn Kiel sich der Verfolgung bewusst war, warum ist er dann draußen geblieben, als es dunkel wurde?"
„Weil er Britni getroffen hat", sagte Sven. „Ich meine Sandra. Er wollte sie nicht allein lassen, aber er wollte sie auch nicht mit ins Seemannsheim nehmen, weil er gedacht hat, dass sein Verfolger dort auf ihn wartet."
Dirk Rose sah Sven mit einem Ausdruck der Verzweiflung an.
„Was haben die denn dort so lange gemacht? Das Café macht doch schon um sechs zu."
„Sie waren im Miniatur Wunderland", sagte Veronika. Ihr war der Hinweis des Kellners aus der Kaffeeröste-

rei wieder eingefallen. „Die haben bis neun Uhr abends auf."

„Du meinst die Modelleisenbahn?", fragte Arning nach und fasste dann ihre Erkenntnisse zusammen. „Der Täter hat jedenfalls zwei Tage harte Arbeit geleistet, um sein Opfer an einem Ort und zu einer Zeit zu treffen, wo er es töten konnte, ohne gesehen zu werden."

„Ein Auftragskiller", sagte Herbert Müller. „Ein Mann, der sich verhalten kann, als wäre er ein unsichtbarer Schatten. Wenn das so ist, haben wir das Spiel verloren. Der ist schon weit weg. Und die Drogen mit ihm."

„Ich weiß nicht", wehrte sich Arning. „Es ist mir noch zu früh, die Sache der Fahndungskartei zu überlassen." Er sah Veronika an. „Kannst du morgen noch mal mit dem Mädchen zu dieser Modelleisenbahn gehen? Vielleicht ergeben sich ja noch Anhaltspunkte."

26

Veronika kehrte in ihr Büro zurück, um ihre Tasche zu holen. Klaus Brehm war schon weg. Sie setzte sich, um zu überlegen, was sie am besten tun sollte. Sie hatte das Bedürfnis, unter vier Augen mit Sven Klawitter zu sprechen. Er verhielt sich, als wäre gar nichts zwischen ihnen gewesen. Das war ja auch das Beste so, aber es stimmte eben nicht.

Sie stand auf und ging in sein Büro. Er war schon weg. Sie schaltete ihr Handy ein, das sie vor der Dienstbesprechung ausgemacht hatte. Vielleicht konnte sie ihn per SMS um ein Treffen bitten. Ihr Display meldete einen Anruf in Abwesenheit. Sie rief ihn sofort ab, aber es war nicht Sven. Es war die Wirtin des El Paisa.

„Frau Kommissarin, ja, jetzt sind Sie nicht dran. Ich wollte Sie direkt holen. Na, dann ruf ich eben die 110."

„Mist!", schrie sie leise. Sie lief durch die ganze Abteilung, Herbert Müller war der Einzige, der noch da war. Er war sofort bereit, sie zu begleiten. Er schnallte sein Dienstkoppel um und rannte dann so schnell durch das Gebäude, als müssten sie jemanden aus einem Feuer retten. Auf dem Weg in die Innenstadt schaltete er das Blaulicht ein, die Wagen vor ihnen glitten alle nach rechts. Sie kamen trotzdem zu spät. Nicht ein Streifenwagen stand noch vor der Tür.

Im Lokal sah es aus, als wäre gar nichts passiert. Die meisten Gäste starrten auf den Fernseher, in dem ein Basketballspiel lief. Manche aßen schweigend. Nur ein junges Pärchen plauderte miteinander.
Die Wirtin kam mit zwei vollen Tellern aus der Küche. „Ach, Sie kommen doch noch“, rief sie, servierte das Essen, winkte die beiden in die Küche und schloss die Tür hinter sich. „Ihre Kollegen sind auch schon zu spät gekommen“, sagte sie und fing an zu erzählen. Kurz nachdem sie das Restaurant geöffnet hatte, seien zwei Männer hereingekommen. Ein älterer und ein jüngerer, beide hätte sie noch nie gesehen.
„Sie haben auf Spanisch bestellt. Ich hab gleich gehört, dass das Kolumbianer waren. Ich war noch gar nicht vom Tisch weg, da fangen sie schon an zu streiten.“
Als ihr Blick auf das strenge Gesicht von Herbert Müller fiel, hielt sie inne, als sei sie nicht mehr sicher, ob er das überhaupt hören wollte.
„Und?“, fragte er ungeduldig. Erst dann fuhr sie fort.
„Also, es ging um Geld. Der Junge wollte welches, der Alte sagte, er hätte keins beziehungsweise es wär noch nicht auf dem Konto. Solche Gespräche laufen ja ständig hier. Aber als ich noch mal vorbeikomme, erklärt der Junge gerade, dass er weg müsse aus Hamburg, aber ohne Geld käme er nicht weit. Logisch, denke ich noch. Ich fand den gleich merkwürdig, der hatte so was Verbissenes. Ich geh in die Küche, weil das Essen von den beiden fertig ist. Und wie ich rauskomme, mit zwei Schüsseln Sancocho in der Hand, das ist kolumbiani-

scher Hühenereintopf, das hatten die bestellt, da sagt der Alte zu dem Jungen, er wäre ein Pfuscher. Der Junge sagt, wie meinst du das. Sagt der Alte: Hier in der Stadt läuft jemand herum, der dich gesehen hat. Deswegen kriegst du deine Kohle nicht. Ich will meine Teller grad auf den Tisch stellen, da springt der Junge auf und geht auf den Alten los. Und da, da zieht der Alte mit einem Mal eine Pistole. Ich seh das Ding und dreh mich sofort um und schaff das Sancocho zurück in die Küche, bevor es mir aus den Händen fällt. Dann wähl ich Ihre Nummer, Frau Dorn, aber –"
„Aber dann haben Sie die 110 gewählt, und als Sie in den Gastraum zurückkamen, waren die beiden weg", fasste Müller zusammen.
„Ja, die haben sich doch denken können, was ich in der Küche gemacht hab. Was soll ich denn tun? Ich kann die doch nicht festhalten."
Veronika zeigte der Wirtin das Phantombild.
Die Frau hielt sich erschrocken die Hand vor den Mund. „Genau so sah der aus."
Veronika hatte sich mindestens genauso erschreckt wie sie, denn gerade hatte sich ein riesiger Ermittlungsfehler offenbart. Hierher hätte sie mit dem Phantombild als Erstes gehen müssen, anstatt die ganze Reeperbahn abzuklappern. Sie war wirklich eine Anfängerin.
Müller schien diesen Fehler glücklicherweise nicht zu bemerken. Er war ganz auf den Moment konzentriert. „Ich würde gern mit Ihren Gästen reden", sagte er zur Wirtin. „Wäre nett, wenn Sie übersetzen könnten."

Die Wirtin nickte tapfer.
In der Kneipe verfolgte niemand mehr das Basketballspiel im Fernsehen. Plötzlich hatten sich alle was zu erzählen. Müller ging von Tisch zu Tisch und zeigte das Phantombild. Veronika war es peinlich zu sehen, wie die Gäste ihn alle abwimmelten. Aber der alte Kommissar sah gar nicht so unzufrieden aus, als er zu ihr zurückkam. „Wollen wir doch mal sehen, ob da wirklich nichts zu holen ist“, murmelte er angriffslustig und erhob seine Stimme: „Ich nehme mal an, dass Sie sich alle ein gutes Verhältnis zur Hamburger Polizei wünschen.“
Er nickte der Wirtin zu, damit sie übersetzte.
„Aber jetzt haben Sie mich belogen“, fuhr er fort. „Mindestens ein paar von Ihnen müssen diesen Mann heute Abend gesehen haben. Sie wissen sogar, dass ich das weiß.“
Veronika sah verschlossene Gesichter, die Angst verbargen oder Hass.
„Dabei hätten Sie jetzt eine ideale Möglichkeit, Ihr Verhältnis zur Polizei so positiv wie möglich zu gestalten. Und im Übrigen: Illegal oder legal ist mir egal“, versuchte er zu scherzen. „Solange Sie mir helfen.“
Das letzte Gespräch verstummte, und von Sekunde zu Sekunde wurde das Schweigen angespannter.
„Okay. Wir können das auch anders machen“, sagte Herbert Müller.
Er ging an den Tischen vorbei zur Tür. Dort drehte er sich zu ihnen um und griff mit den Fäusten um sein

Koppel. Die Jackenschöße seines karierten Anzugs schoben sich nach hinten und gaben den Griff seiner Pistole frei.

„Ihr holt jetzt mal schön eure Pässe raus. Meine Kollegin wird sich die Daten notieren, und dann werdet ihr alle überprüft. Visum, Aufenthaltstitel, Arbeitserlaubnis, der ganze Spaß."

Aus dem Fernseher drang der dumpfe Aufschrei des Stadionpublikums. Ein Ball zitterte ein paar Sekunden im Korbnetz, bevor er nach unten fiel.

Das ist ganz gemeine Erpressung, dachte Veronika. Trotzdem verspürte sie Respekt vor Müller. Der wusste genau, wie er vorankam. Als das Schweigen unerträglich wurde, wuchs zögernd ein Arm in die Luft. Er gehörte einem jungen Mann.

„Ich weiß, wo wohnt der. Gibt es so eine WG in Schanzenviertel."

27

Der junge Kolumbianer lotste Müller am St. Pauli-Stadion vorbei. Die Flutlichter waren angeschaltet, und die letzten Fans hasteten zum Eingang. Offenbar fehlten nur noch ein paar Minuten bis zum Anpfiff.
Müller fuhr weiter durch die Budapester Straße und dann halblinks ins Schulterblatt hinein. Ab jetzt musste er ständig auf die Bremse gehen, denn hier im Schanzenviertel kämpften Fußgänger ihren täglichen Kampf um ihre Gleichberechtigung gegen Autos und wollten sich in ihrer Bewegungsfreiheit nicht auf die wenigen Ampelübergänge einschränken lassen. Die Fahrradfahrer fuhren ohnehin überall da, wo sie gerade durchkamen.
„Ist es noch weit?“, fragte Müller stöhnend.
„Besser hier parken“, sagte der Kolumbianer. „Wo es ist, da ist ganz schlecht hinkommen.“
„Noch schlechter?“, lachte Müller und lenkte seinen Wagen reaktionsschnell in eine Parklücke, die gerade frei wurde.
Ausgerechnet vor der Roten Flora, dem Trash-Palast der Punk-Kultur, parkte Müller seinen blankgeputzten Volvo. Das Gemäuer war von oben bis unten mit Graffiti verziert, Plakatreste wehten im Abendwind.
Müller stieg aus und rückte seinen komischen karierten Anzug zurecht. Veronika dachte, dass dieser Anzug

so schräg aussah, dass er hier im sogenannten Designerviertel von Hamburg schon wieder angepasst wirkte.

„Warum grinsen Sie denn so?“, fragte der Kollege.

„Ach“, sagte sie zögernd, und dann fiel ihr zum Glück eine Ausrede ein. „Ich hab mich an Ihren Spruch mit illegal, legal und egal erinnert. Der war gut.“

„Hab ich auch lange drüber nachgedacht“, verriet Müller stolz.

Der Kolumbianer war bereits losgegangen, und sie folgten ihm eilig durch die Susannenstraße. Dort war der Bürgersteig schmal wie ein Handtuch, und ihnen kamen ständig Passanten entgegen. Es war so gut wie unmöglich, nebeneinanderher zu laufen. Bald bog der Kolumbianer in die Rosenhofstraße ein. Die hatte zwar den schönsten Namen im Viertel, doch zwischen Schulterblatt und Bartelsstraße versank sie eher in Bedeutungslosigkeit. Sie war praktisch die einzige Straße, wo sich nicht in jedem Erdgeschoss eine Boutique, ein Fair-Trade-Café oder eine Bar befand. Der Kolumbianer ging bis zum vorletzten Haus und sagte: „Vierter Stock.“ Als Veronika die Türklinke nach unten drückte, fragte der junge Mann ängstlich: „Darf ich hier bleiben?“

Müller erlaubte es ihm, nahm ihm aber den Pass ab, damit er nicht weglief. Dann stieß er die Tür auf und rannte die knarrenden Holztreppen hinauf. Im vierten Stock zog Müller seine Dienstwaffe und klopfte an beide Wohnungstüren. Rechts hörten sie aufgeregte

Schreie und ein Stimmengewirr, das asiatisch klang. Links war es still.

Die rechte Tür öffnete sich. Darin erschien ein Mann mit rundem Gesicht und schwarzem Igelhaar. Als er die Waffe sah, zuckte er zusammen.

„Miguel Alonso“, sagte Veronika, bevor Müller auf die Idee kommen konnte, in die fremde Wohnung zu stürmen.

„Latino andere WG“, sagte der Asiate. „Hier nur Leute von Bok.“

Der Asiate schloss die rechte Tür wieder und Veronika fragte sich, ob die schätzungsweise zehn Menschen, die hinter ihm hervorgelugt hatten, alle in dieser Wohnung lebten. Offenbar arbeiteten die alle bei Bok, jener großen Asia-Imbisskette, die aus der Suppenküche der legendären Madame Bok hervorgegangen war.

Müller klopfte gegen die linke Tür. „Kripo Hamburg, machen Sie sofort auf, sonst dringen wir mit Gewalt ein.“

Die Tür öffnete sich einen Spalt, gesichert durch eine Kette, und eine junge Frau mit großen, braunen Augen schaute heraus.

„Wem Sie wollen?“

„Miguel Alonso“, antwortete Veronika wieder.

„Is nich hier mehr. Is weg.“

Müller hielt ihr seine Waffe hin, sodass sie die Türkette öffnete und sie hereinließ. Unsanft stieß er sie zur Seite. Veronika schenkte ihr ein entschuldigendes Lächeln, bevor sie ihrem eifrigen Kollegen folgte. Es

gab drei Zimmer, deren Türen alle geschlossen waren.
„Hinten links er war“, rief die junge Frau.
Sie öffneten die letzte Tür. In einem schmalen Raum lagen drei Matratzen hintereinander. An den Wänden standen zwei Reisetaschen, ein kleiner Bücherstapel, eine Vase mit Kunstblumen, eine Kerze und ein Stehbilderrahmen mit einem Familienfoto.
Auf zwei der Matratzen saßen Männer, vermutlich ebenfalls Lateinamerikaner. Sie schauten erschrocken zu Veronika und ihrem Kollegen auf.
„Donde esta Alonso?“, fragte Veronika.
Die beiden zeigten auf die leere Matratze und machten eine Handbewegung, die besagte, dass ihr Nachbar sie verlassen hatte.
Veronika und Müller untersuchten den Schlafplatz. Bis auf eine alte Decke und ein paar schmutzige Taschentücher war nichts zu finden. Müller steckte die Taschentücher für die Spurensicherung ein. Dann wandte er sich an die Zimmernachbarn.
„Wann haben Sie ihn zum letzten Mal gesehen?“
„Cuando ver a el ultima vez“, radebrechte Veronika.
„Vinó y se fue“, erklärte einer der beiden und demonstrierte mit einer Wellenbewegung seiner Hand, wie Alonso gekommen und gleich wieder verschwunden war.
„Con todas sus cosas“, ergänzte der andere. Mit all seinen Sachen.
„Cuando?“, fragte Veronika und übersetzte die Antwort. „Der ist schon vor einer guten Stunde hier abgehauen.“

Müller legte seine Stirn in Falten. „Ich informiere die Kollegen“, sagte er, holte sein Handy heraus und verließ das Zimmer.
„Hat er einen schwarzen Koffer mitgenommen?“, fragte Veronika die Männer.
Sie schüttelten gleichzeitig die Köpfe. Veronika versuchte, noch mehr aus ihnen herauszubekommen. Aber es schien, als sei Alonso für sie ebenso ein Fremder gewesen wie für die Hamburger Polizei.
Müller kam wieder zurück. Alle Streifen waren informiert. Ein Wagen wurde direkt zur Rosenhofstraße geschickt, falls Alonso noch mal zurückkäme.
„Dann können wir ja jetzt gehen“, sagte Müller.
Veronika wunderte sich. Er war doch sonst so pedantisch. „Sollen wir nicht nach dem Koffer suchen?“
Müller wurde sehr verlegen. „Meine Tochter ist heute Abend zu Hause. Morgen fliegt sie schon wieder zurück nach München.“
Zum ersten Mal sah Veronika diesen bürokratischen Knochen privat werden.
„Fahren Sie ruhig nach Hause. Ich komm schon allein klar.“
„Das ist gegen die Vorschrift“, wehrte er ab. „Wenn Ihnen was passiert?“
Veronika lächelte. „Ich glaube, die Leute hier haben mehr Angst vor mir, als ich vor ihnen. Und erlösen Sie den jungen Mann dort unten von seinem Posten.“
Als Müller weg war, sah sich Veronika auf dem Flur um. Die Tür zur Küche war nur angelehnt, sie schob

sie auf. Am Tisch saß die junge Frau. Offenbar die einzige Bewohnerin, die keine Angst vor der Polizei hatte. Sie war um die zwanzig, bekleidet mit engen Jeans und einem hellen T-Shirt wie die jungen Frauen im Salsa-Club. Ihre dunklen Haare zogen sich von einem Seitenscheitel quer über die Stirn und waren hinter die Ohren geschoben. In ihrer Hand hielt sie ein birnenförmiges braunes Ding, aus dem sie mit einem Röhrchen etwas heraussaugte. Sie wich Veronikas Blick nicht aus. Im Gegenteil. Ihre mandelförmigen Augen funkelten fast provozierend.

Veronika deutete auf die braune Birne in ihrer Hand.

„Was ist das?"

„Mate", antwortete die junge Frau. „Aus Peru."

„Kommen Sie von dort?"

Sie nickte.

„Und dieser Miguel Alonso?"

„Kolumbien."

Wie sie vermutet hatten.

„War er schon lange hier?", fragte Veronika. „Estaba aqui mucho?"

„No", sagte die junge Frau und lächelte verstohlen. Offenbar fand sie das schlechte Spanisch der Polizistin lustig.

„Er war komisch", antwortete sie auf Deutsch.

„Wie ‚komisch'?"

„Hat nicht geredet. Nur einmal, und dann war gleich superwichtig."

Die Peruanerin verdrehte die Augen.

„Worum ging es denn?“, fragte Veronika.
„Ja, wegen diese Koffer. Immer wieder hat er gemacht wichtig wichtig! Aber wir sind keine Idioten, bloß weil wir nicht arbeiten dürfen.“
„Nein, das sind Sie sicher nicht“, sagte Veronika. „Und was ist mit dem Koffer passiert?“
„Ich hab weggeschlossen. Damit er aufhört, aufregen deswegen. Dabei weiß gar nicht, warum. Klar, erst ich auch dachte, es ist Kokain. War aber gar nicht. Nur Papier.“
„Wie haben Sie den Koffer denn aufgemacht?“
Sie zuckte mit den Schultern. „Mit Haarnadel.“
„Und wo ist er jetzt?“
„Na, in Versteck.“
Die Peruanerin stand auf, ging zur Spüle und ließ heißes Wasser in ihr Birnengefäß laufen. Dann hielt sie es Veronika hin.
„Sie wollen auch?“
„Danke“, sagte Veronika und schüttelte lächelnd den Kopf.
„Deutsche echt komisch“, sagte die junge Frau.
„Wieso?“
„In Peru so was total unfreundlich. Mate man lehnen nicht ab.“
„Entschuldigung“, sagte Veronika. „Kann ich’s noch rückgängig machen?“
Die junge Frau gab ihr die Birne. Sie war leicht wie dünnes Holz. Veronika zog an dem Röhrchen aus Metall. Eine heiße, bittere Flüssigkeit lief in ihren

Mund. Sie schmeckte gar nicht so übel, zumindest wie etwas Gesundes. Veronika sog noch ein zweites Mal am Röhrchen, dann gab sie das Gefäß zurück.

„Alonso hat einen Mann umgebracht“, teilte sie der jungen Frau mit.

„Einen Deutschen“, erwiderte die Peruanerin sofort.

„Hat er Ihnen etwas erzählt?“

„Nein, aber wenn Ausländer tot, Sie nicht drum kümmern.“

„Wie kommen Sie denn darauf?“

Die junge Frau machte laute Sauggeräusche und schaute dabei aus dem Fenster. Veronika wartete eine Minute, bevor sie sagte: „Wenn Sie mir den Koffer zeigen, wird Ihnen nichts passieren. Wir lassen Ihr Haus bewachen. Sobald Alonso zurückkommt, wird er festgenommen.“

Die Frau gab das Gefäß an Veronika zurück. „Mich nicht mal interessiert. Mörder ich niemals helfen.“

Sie stand auf, ging in den Flur, lehnte eine Leiter an einen Zwischenboden und kletterte hinauf.

„Was soll bescheuerte Koffer?“, sagte sie, als sie den Aktenkoffer auf den Küchentisch legte. „Brauchen wir die Jacken, die er geklaut hat. Aber die hat er mitgenommen.“

Veronika klappte den schwarzen Deckel hoch und warf einen Blick auf den Inhalt. Sie schob sich den Hefter in den Rückenbund ihrer Jeans. Mit ihrer Jacke darüber fiel kaum noch auf, dass sie dort etwas trug. Sicher war sicher. Den Aktenkoffer ließ sie da.

„Den holen wir uns später", sagte sie zu der Peruanerin. Die zuckte gleichgültig die Schultern. „Kein Problem."
Bevor sie die Wohnung verließ, rief Veronika Hermann an, um ihm zu sagen, was sie gerade gefunden hatte. Dann rief sie ein Taxi und wartete im Treppenhaus, bis es klingelte. An der Wohnungstür wurde der Riegel wieder ins Schloss geschoben. Sie lief die Treppe erst hinunter, als sie das Klingeln hörte. Das Taxi stand direkt vor der Haustür. Draußen war es schon dunkel. Als das Taxi vor Veronikas Wohnhaus ankam, leuchtete ihnen eine einzelne Lampe entgegen. Hermann kam zur gleichen Zeit wie sie an. Ein gewöhnlicher Zufall.

Um zwei Uhr nachts klappte Hermann das Dossier von Rüdiger Kiel zu. An allen Tabellen und Notizen klebten Zettel mit seinen Erläuterungen. Er hatte die Fachsprache des Bauwesens in einfache Worte übersetzt und Veronika alles erklärt. Es war viel Arbeit gewesen, und Hermann hatte sie sehr konzentriert bewältigt, obwohl er schon bei seiner Ankunft todmüde gewesen war und sie währenddessen zwei Flaschen Wein geleert hatten.
So arbeitet er wahrscheinlich jeden Abend, dachte Veronika. Ihr Angebot, über Nacht bei ihr zu bleiben, nahm er dankbar an. Doch auch diesmal schliefen sie nicht miteinander. Dafür waren sie beide zu erschöpft. Und zu traurig.

28

Am nächsten Morgen legte Veronika das Dossier auf den Besprechungstisch der Abteilung.

„Ihr werdet die einzelnen Beweisstücke sicher alle noch mal selbst nachprüfen. Aber wenn ihr erlaubt, gebe ich euch schon ein paar Erläuterungen."

„Wir sind gespannt", sagte Arning und nickte ihr zu.

Für ihren Bericht hatte sie nur wenige Fotos zusammengestellt. Sie hielt das erste Bild hoch. Es zeigte ein Bürohochhaus von mindestens zwanzig Stockwerken im Rohbau. Auf dem Flachdach in etwa einhundert Meter Höhe war ein kleines Richtbäumchen zu erkennen.

„Dieses Foto hat Dr. Brandt einer deutschen Investmentfirma geschickt. Mit einem herzlichen Glückwunsch zur Fertigstellung des Rohbaus. Der Architekt Rüdiger Kiel hat über zwei Jahre hinweg Baupläne gezeichnet, die ebenfalls an die Investoren geschickt wurden. Damit sie den Bau ihres Projektes verfolgen konnten."

Veronika hielt ein anderes Foto hoch. Darauf sah man das Schild, das vor dem Gebäude aufgestellt war und den Bauherren und die Baufirma nannte. In großen Buchstaben prangte der Firmenname Panacasa und der Name der deutschen Investmentgesellschaft darauf.

„Sieht alles ganz ordentlich aus, oder?"

Die Kollegen nickten.
Veronika hob ein weiteres Foto hoch. „Dieses Bild wurde eine Woche später gemacht. Am selben Bauprojekt, nur auf der anderen Seite."
Das Schild, das jetzt am Rohbau angebracht war, erwähnte weder den Namen Panacasa noch den der deutschen Investmentfirma.
Veronika beobachtete, wie die Kollegen nachdachten. Sven und Dirk hatten fast unbewegte Gesichter, während sich die Miene von Herbert Müller in Falten legte. Arning wartete einfach. Warum soll ich mich anstrengen, wenn sie die Antwort schon weiß, schien er zu denken.
Klaus Brehm kam als Erster drauf. „Der Bauherr auf dem zweiten Schild ist ein Kolumbianer", meinte er. „Das dürfte der richtige sein. Wahrscheinlich einer mit guten Beziehungen zur Drogenmafia."
„Wahrscheinlich", stimmte Veronika zu. „Zumindest lässt er es sich ziemlich teuer bezahlen, dass die Firma Panacasa ihre Schilder an seiner Baustelle anbringt und auch die Baubegehungen von Investoren auf seinem Projekt veranstaltet. Was der kolumbianische Bauherr bekommt, ist trotzdem nur ein Bruchteil dessen, was Dr. Brandt kassiert und behält. Der bezahlt nämlich weder Materiallieferanten, Handwerksbetriebe oder Leasingfirmen, die einzigen Leute, die für ihn arbeiten, sind ein Architekt, der Baupläne zeichnet, und ein Buchhalter, der Quittungen bastelt. Scheindokumente für die Investoren."

„Aber so was kann doch gar nicht funktionieren“, widersprach Dirk Rose. „Irgendwann muss das doch rauskommen.“

Veronika nickte. „Natürlich. Es sieht auch so aus, als hätte Dr. Brandt einen Zeitplan. Er hat insgesamt drei solche, sagen wir mal, Potemkinsche Bürohäuser. Sobald er genug Geld kassiert hat, wird er seine Identität wechseln und untertauchen. Das hat er zumindest vor.“

„Und Rüdiger Kiel hat sein Leben aufs Spiel gesetzt, um das zu verhindern?“, fragte Sven ungläubig.

„Ich glaube, das hat sich erst entwickelt“, antwortete Veronika. „Zuerst hat es eine Weile gedauert, bis er Verdacht schöpfte. Er hat zwei Jahre lang Baupläne gezeichnet, in dem Glauben, er sei am Bau von drei hochmodernen Wolkenkratzern beteiligt. Zwar hat Dr. Brandt ihm bereits fertige Rohentwürfe präsentiert, aber er musste die ganzen Feinheiten einarbeiten. Kiel hat nur durch einen Zufall entdeckt, dass all seine Mühen nur dem Zweck dienten, einen grandiosen Schwindel zu verkaufen.“

„Wissen wir, wie er darauf reagiert hat?“, fragte Arning.

Veronika nickte. „Wissen wir, denn er hat Gesprächsnotizen festgehalten. Danach ist er zu seinem Chef gegangen, um ihn zur Rede zu stellen. Der schien schon darauf gewartet zu haben. Er hat Kiel sofort eine finanzielle Beteiligung angeboten. Aber der war einfach nur empört. In einer Notiz steht: Ich will Architekt sein und kein Verbrecher. Er hat seine Kündigung eingereicht und schriftlich auf jegliche Form von Abfindung verzichtet."

„Klar, er wollte sich von vornherein von jedem Bestechungsverdacht freihalten", kommentierte Arning.

„Unser Opfer ist also ein richtiger Gutmensch", meinte Sven.

„Na ja, ein bisschen Rache an seinem Chef dürfte wohl auch mit reinspielen", entgegnete Herbert Müller.

„Auf jeden Fall hat er eine E-Mail ans Hamburger Finanzamt geschickt", sagte Veronika und deutete auf das Dossier. „Ein Ausdruck davon liegt hier drin. Aber die zuständige Mitarbeiterin hatte wohl andere Sorgen. Sie hat nur geantwortet, eine Prüfung der Akten habe keine Mängel ergeben. Punkt."

„Klar, dieser Brandt zahlt ja brav seine Auslandssteuer", erinnerte Brehm.

„Komisch ist nur, dass Dr. Brandt von dieser E-Mail erfahren haben muss", fuhr Veronika fort. „Jedenfalls ist Kiel ein paar Tage, nachdem er sie abgeschickt hat, von einem Unbekannten brutal zusammengeschlagen worden. Danach ist er, wie es aussieht, erst richtig zum Gerechtigkeitskämpfer geworden. Er muss sich gesagt haben, dass die deutschen Gesetze immer noch stärker sind als die kolumbianische Mafia. Dieses Dossier hat er aus den Unterlagen zusammengestellt, die er nach der Kündigung noch zu Hause hatte oder die er sich anderweitig besorgen konnte."

Veronika hielt den Hefter in die Höhe, sodass die Kollegen das Etikett sehen konnten. Mit Bleistift war auf

den weißen Aufkleber geschrieben: LKA Hamburg, Abteilung für Kapitalverbrechen.
„Er war auf dem Weg zu uns“, sagte Veronika.
„Und dafür hat er sich einen falschen Pass besorgt?“, fragte Dirk.
Veronika nickte. „Wahrscheinlich ein dummer Fehler. Wenn jemand in Panama gute Beziehungen zur Mafia hat, dann kennt er wahrscheinlich auch die Szene der Passfälscher ganz gut. Das Land ist nicht größer als Bayern. Es wird sich vielleicht auch herumgesprochen haben, dass dieser Deutsche für gute Dienste auch gut zahlt.“
„Und die Idee, mit dem Schiff zu fahren, war saublöd“, ärgerte sich Dirk, als wäre noch etwas zu verhindern. „So hatte Brandt wochenlang Zeit, um herauszubekommen, auf welchem Frachter Kiel war.“
Herbert Müller nickte. „Und dann brauchte er nur noch einen Killer zu beauftragen, der in Hamburg einen Peter Johann abpasst und erledigt, bevor der bei uns aufkreuzt.“
„Das Pech von Rüdiger Kiel war, dass sein Schiff sechsunddreißig Stunden zu früh angekommen ist“, sagte Veronika. „Sein Plan war, am Montag direkt vom Hafen zu uns zu kommen. Nun musste er sechsunddreißig Stunden überbrücken in dem Wissen, dass seinen Verfolgern nicht einmal die verfrühte Ankunft des Schiffes entgangen war. Aber offenbar hat er es nicht so lange im Seemannsheim ausgehalten. Kiel war Architekt und seit über zwei Jahren nicht mehr in Hamburg.

Ich könnte mir vorstellen, dass er sich wenigstens mal kurz die HafenCity anschauen wollte. Er war wahrscheinlich schon wieder auf dem Rückweg ins Seemannsheim, als ihm Sandra über den Weg gelaufen ist. Sie muss zu diesem Zeitpunkt schon ziemlich erschöpft gewesen sein. Vielleicht hat sie Kiel sogar anvertraut, was ihr passiert ist. Da hat er sich um sie gekümmert. Den Rest kennen wir."

„Der gute Mensch von Panama", sagte Sven Klawitter, aber niemand wollte so richtig lächeln. Wie eine Trauergemeinde schauten sie auf die Aktenmappe in ihrer Mitte.

„Fehlt nur noch sein Mörder", sagte Arning.

Sie konnten nur hoffen, dass er noch einmal in die Rosenhofstraße zurückkehrte, um den Koffer zu holen. Die Beamten dort warteten rund um die Uhr auf ihn. Und vielleicht bekam Veronika ja am Nachmittag noch etwas aus Sandra heraus, wenn sie mit ihr zum Miniatur Wunderland fuhr.

Nach der Besprechung ging sie für einen Moment nach draußen, um sich vor dem Bürogebäude auf eine Bank zu setzen. Sie war kaum eine Minute dort, als Sven nachkam.

Er setzte sich neben sie. „Bin ganz schön beeindruckt", sagte er.

Veronika winkte ab. „Ermittler ist kein Beruf, der glücklich macht, oder?"

Er nickte. „Wenn wir Erfolg haben, dann nur, weil uns

ein Blick in den Abgrund gelungen ist. So richtig freuen kann man sich da nie."

Sie sah ihn an. „Wie geht es dir denn jetzt?", fragte sie. „Nach dem Traum."

„Ich hab nachgedacht", sagte er. „Ich frage mich die ganze Zeit, ob es wirklich nur ein Traum bleiben muss."

Er hatte das, was Veronika sich wünschte, war verheiratet, hatte zwei Kinder, und das wollte er jetzt in Frage stellen. Wenn sie wollte, hätte sie das sicher verstehen können, aber sie wollte nicht.

„Du bist viel zu jung für mich", antwortete sie.

Er lachte kurz auf. Es war ein schnappendes Lachen, wie bei jemandem, der sich gerade verschluckt hat.

29

Eigentlich sollte Sven mit ihr zur Schule fahren, um Sandra abzuholen, aber dann brauchte der Chef dringend wichtige Zuarbeiten für den Staatsanwalt, und Veronika hatte versichert, dass sie auch ohne Chauffeur sicher durch die Stadt kommen würde. Ihr war es ganz recht. Im Moment hatte sie keine große Lust, mit Sven Klawitter das Elternpaar zu spielen.

Sandra kam ihr auf dem Schulhof entgegen. Als Veronika ihr erklärte, dass sie mit ihr zur großen Modelleisenbahn in die Speicherstadt wollte, zögerte sie einen Moment, dann nickte sie zustimmend. Auf dem Weg zur U-Bahn wollte Veronika ihr den blauen Rucksack abnehmen, aber Sandra wehrte sich heftig. Dass sie das, was ihr gehörte, selbst trug, schien dem Mädchen wichtiger zu sein als Bequemlichkeit. Das musste Veronika akzeptieren.

In der U-Bahn zog Sandra einen Schreibblock und einen Bleistift heraus. Sie schrieb: „Ich will in die Speicherstadt, aber nicht in das Eisenbahnmuseum."

Veronika bekam immer mehr Respekt vor diesem stummen Kind. Das war geradezu vorbildliche direkte Kommunikation.

„Warum willst du denn nicht zur Modelleisenbahn?", fragte sie nach.

„Langweilig“, schrieb Sandra.
Das hieß, sie war tatsächlich schon dort gewesen.
„Warum seid ihr denn am vorletzten Sonntag hineingegangen?“, fragte sie.
„Peter wollte das“, schrieb Sandra auf.
„Habt ihr dort jemanden getroffen?“, fragte Veronika.
Sandra schüttelte den Kopf.
„Und als ihr herausgekommen seid?“, fragte Veronika weiter.
Sandra schwieg eine Weile. Dann schrieb sie. „Ich will in das Blindenmuseum. In das andere kriegst du mich nicht rein.“
Veronika musste lächeln. Sieht aus, als holt sie gerade eine versäumte Trotzphase nach, dachte sie.
„Und warum das Blindenmuseum?“, fragte sie. „Erinnert dich Herr Petersen an deinen Onkel in Hannover?“
Sandra nickte.
Veronika überlegte, dass sie später auch allein ins Miniatur Wunderland gehen konnte, um die Angestellten nach Hinweisen zu fragen. Erst einmal ging sie mit Sandra zum „Dialog im Dunkeln“.

„Wir wollten zu einer Führung von Herrn Petersen“, sagte sie der Frau an der Kasse. „Er hat uns eingeladen.“
„Oohle!“, rief die Kassiererin. „Da is wer für dich!“
Der Alte kam hinter einer Seitenwand hervor und hielt seine Ohren in die Luft. „Wer is für mich?“

„Guten Tag, Herr Petersen“, rief Veronika. „Wir haben uns …“
„Ja ja, ich hör’s schon. Sie sind die mit dem kleinen Mädchen, das nich schnacken will.“ Dann rief er zur Kasse: „Gib ihnen zwei Gästekarten.“
Sandra lief zu ihm und griff nach seiner Hand.
Ein Lächeln zitterte auf seinen Wangen. „Das ist ja ’ne schöne Überraschung“, sagte er. „Ihr kommt grad rechtzeitig. Geht gleich los.“
Er verschwand in einem dunklen Raum, vor dem schon eine Schar von Erwachsenen und Kindern wartete. Eine Frau kontrollierte die Eintrittskarten.
Veronika ging zur Kasse, wo gerade ein letzter Besucher seinen Eintritt bezahlte. Während die Kassiererin sein Geld entgegennahm, reichte sie Veronika mit der anderen Hand die beiden Freikarten. Am Einlass wollte Sandra ihren Rucksack nicht abgeben.
„Aber alle Kinder geben ihre Taschen in die Garderobe“, versuchte die Frau sie zu überzeugen. Veronika bat darum, eine Ausnahme zu machen. Die Frau ruckte mit dem Kopf, was Veronika als Nicken interpretierte.
„Wenndasaberjeder …“, hörte sie ein unwilliges Murmeln hinter sich. Sie drehte sich noch einmal um. Das Letzte, was sie sah, war der junge schwarzhaarige Mann, der nach ihnen hereingekommen war. Dann wurde die Tür geschlossen, und sie standen im Dunkeln. In einem Dunkel, das so undurchdringlich war, dass es keinen Unterschied mehr zwischen offenen und geschlossenen Augen gab.

Veronika hob und senkte ihre Lider ein paar Mal. Nicht der leiseste Schatten, nicht eine Ahnung von Grau war noch zu erkennen, es war einfach schwarz um sie herum.

„Jou", sagte Herr Petersen in die angespannte Stille hinein. „Erst mal willkommen, ihr lieben Großen und Kleinen."

Die Kinder im Publikum kicherten.

„Schön, dass ihr hier seid. Aber eins sag ich euch gleich. Denkt mal ja nicht, dass ihr in einer Stunde wisst, was das heißt, blind sein. Alles, was ihr hier mitbekommt, ist eine Aaaahnung. Ihr werdet ein bisschen mehr hören, ein bisschen mehr riechen, ein bisschen mehr tasten als sonst, also ein bisschen mehr von den unsichtbaren Dingen dieser Welt mitbekommen. Und vielleicht habt ihr ja ein bisschen Spaß dran. Wir fangen ganz einfach an. Guckt mal mit euren Händen und mit euren Ohren und auch mit eurer Nase, ob ihr euch in diesem Raum irgendwie zurechtfindet."

Veronika tastete nach links. Da war Sandra und auf ihrem Rücken der Rucksack. Dann konzentrierte sie sich auf ihre rechte Seite. Und sie erschrak. Aus dem Nichts, aus diesem unsichtbaren Dunkel kam ihr ein schrecklicher Verdacht. Das Gesicht, das sie gesehen hatte, bevor es dunkel wurde, das kannte sie doch! Erst jetzt, nachdem sich eine Tür hinter ihnen geschlossen hatte, wurde ihr auch klar, warum ihr das Phantombild von Alonso von Anfang an so bekannt vorgekommen war. Als sie mit Sandra, die noch ein namenloses Mädchen für sie war, vor einer Woche im Bioladen des Mercado angestanden hatte, als das Mädchen sich hinter ihrem Rücken versteckt hatte, hatte es diesen Mann gesehen. Es war der, der mit Luis von der Boteco-Bar gesprochen hatte. Veronika hatte ihn von der Seite gesehen, so wie eben, als er an der Kasse gestanden hatte. Und jetzt, bevor es dunkel wurde, hatte er direkt vor ihr gestanden. Das war das Gesicht auf dem Phantombild!

Ihre Gedanken rasten und setzten noch mehr Mosaiksteine zusammen. Gestern war Alonso vor der Polizei aus dem El Paisa geflohen. Er hatte seine Unterkunft in der Rosenhofstraße verlassen, weil er damit rechnete, dass sie ihn dort suchen würden. Aber er musste in der Nähe geblieben sein, um seine Verfolger im Auge zu behalten. Nicht die Polizei hatte ihn unter Kontrolle, er hatte sie unter Kontrolle. Zumindest sie persönlich, Veronika. Er hatte sie schon mal mit dem Kind gesehen. Er hatte darauf spekuliert, dass sie ihm dieses Kind liefern würde, wenn er an ihr dranblieb. Und genau das tat sie jetzt.

Was er offenbar nicht wusste, war, dass sie den Kofferinhalt schon kannten und damit alles zu spät für ihn war.

Jetzt mal ganz langsam, vielleicht irre ich mich ja auch, versuchte Veronika sich zu beruhigen. Ich muss den Mann irgendwie beobachten, das muss doch auch gehen, wenn man nicht sehen kann.

Sie tastete nach links auf den Rucksack, um sich zu vergewissern, dass Sandra noch da war, dann ging sie einen kleinen Schritt nach rechts.

Das Erste, was sie von dem Mann wahrnahm, war sein Geruch. Alter Schweiß. So roch jemand, der sich länger als einen Tag nicht gewaschen hatte. War er am Abend ihrem Taxi gefolgt? Hatte er in der Nähe ihres Hauses gewartet und war am Morgen in derselben U-Bahn wie sie ins LKA gefahren, um dann in derselben Bahn mit ihr zur Schule zu fahren und sie von dort aus bis hierher zu verfolgen? Und all das, ohne dass sie es bemerkt hatte? „Der Mann bewegt sich wie ein unsichtbarer Schatten“, erinnerte sie sich an Müllers Worte. Reglos stand er neben ihr, wie ein Tier, das die richtige Spur noch nicht witterte. Alle anderen um ihn herum stolperten, tasteten und tauschten ihre Eindrücke aus, nur dieser Mann tat nichts.

Der ist bestimmt nicht hier, um sein soziales Verhältnis zu Blinden zu verbessern, dachte Veronika. Sie tastete nach links. Sandra war weg.

„Lauft nur schön überall rum“, rief Herr Petersen. „Und immer schön tasten!“

Sie wollte nach Sandra rufen, aber damit hätte sie Alonso auf ihre Fährte gebracht. Er würde es so leicht haben. Zwischen all den Kindern konnte er sie mit ihrem Rucksack spielend ertasten. Und sie würde wahrscheinlich nicht einmal schreien. Veronika nahm wahr, dass er sich jetzt in Bewegung setzte. Er tastete sich mit den Händen voran, sie spürte seine Finger auf ihrer Schulter und zuckte unwillkürlich zusammen. Wo war Sandra?

Petersen, fuhr es ihr durch den Kopf. Wenn jemand helfen konnte, dann er.

Der Alte forderte die Gruppe auf, sich um ihn zu versammeln, damit er sie in den nächsten Raum lotsen konnte. In ihrer Panik tastete sich Veronika zu ihm durch, ohne zu denken, sie folgte einfach seiner Stimme und erreichte ihn schon nach wenigen Schritten.
„Herr Petersen, ich muss mit Ihnen reden", flüsterte sie hastig. „Jetzt sofort und wo uns keiner hört."
Zu ihrer Erleichterung stellte er keine Fragen, sondern zog sie hinter sich her. „Was ist los?"
„Ich bin Polizistin. Das stumme Mädchen ist die einzige Zeugin in einem Mordfall. Und jetzt ist der Mörder hier drin. Ich bin mir ganz sicher."
Petersen schien ihr sofort zu glauben. Jedenfalls reagierte er so. Es verging höchstens eine Sekunde, bis er sagte: „Sie rufen mit Ihrem Handy Ihre Kollegen an. Dann behalten Sie diesen Kerl im Auge. Ich finde das Mädchen und bringe es hier raus, sobald ich kann."
„Wollen Sie die Führung nicht lieber abbrechen?"
„Wer soll denn diesen Mann verhaften? Wir haben keine Polizisten im Museum. Und wir Blinden sind nicht so gut darin, jemanden am Fliehen zu hindern."
„Haben Sie kein Sicherheitspersonal?"
„Für ein paar Räume, in denen kein Licht brennt? Nun machen Sie schon, was ich gesagt habe."
Er schob sie in eine Richtung und flüsterte: „Hier in dieser Ecke ist grad niemand. Aber telefonieren Sie leise. Und verdecken Sie Ihr Handy so gut sie können. Hier fällt jeder Lichtfunken sofort auf, hab ich mir sagen lassen. Also, viel Glück."

„Der Mann kann kein Deutsch“, rief Veronika ihm leise nach. „Und Sandra hat einen Rucksack auf.“
„Machen Sie sich keine Sorgen, das Mädchen erkenne ich zehn Meter gegen den Wind.“
Veronika zog ihre Jacke über den Kopf und schob ihr Handy so weit wie möglich in dieses Versteck hinein. Erst dann schaltete sie es ein und wählte Svens Nummer. Es klingelte fünf ewig lange Male, und Veronikas Herz schlug, als hätte sie einen Hohlraum unter den Rippen. Endlich nahm Sven ab.
Sie erklärte ihm in drei Sätzen die Lage. „Die Führung dauert nicht länger als eine Stunde. Ich hoffe, ihr seid da, wenn wir hier rauskommen.“
„Wir starten sofort durch, Vroni. Pass bloß auf dich auf.“
Eine halbe Sekunde dachte sie, dass es vielleicht doch noch der Beginn einer Freundschaft werden konnte, dann konzentrierte sie sich wieder ganz auf die Geräuschwelt des Museums.
Die Gruppe war schon in einen anderen Raum gegangen. Veronika wollte so schnell wie möglich aufholen, aber schnell sein war schwierig, vor allem wenn es keine anderen Besucher mehr gab, an denen sie sich orientieren konnte. Sie tastete sich an einer Wand entlang, fand ein Halteseil, hielt sich daran fest und überquerte mit wackeligen Schritten eine freischwebende Brücke, doch Petersens Stimme entfernte sich immer weiter. Sie wackelte wieder über die Brücke zurück und schlug eine neue Richtung ein, das glaubte sie zumindest, bis

sie merkte, dass sie wieder in der Ecke war, wo sie telefoniert hatte.
Einen Moment lang hätte sie am liebsten geweint, doch sie zwang sich, tief durchzuatmen und nachzudenken. Links die Brücke, rechts die Sackgasse. Es musste etwas dazwischen geben. Sie lief geradeaus, ohne dass sie rechts und links etwas tasten konnte. Tatsächlich, Petersens Stimme kam wieder näher. Er erzählte etwas von Briefkästen und Autokarosserien, und dann sagte er laut und deutlich: „Du musst jetzt hier lang. Mit deinem Rucksack kommst du nicht durch den schmalen Pfad."
Veronika hätte am liebsten „Danke" geschrien. Jetzt musste sie nur noch Alonso unter Kontrolle bekommen.
Die ersten Museumsgäste waren schon ganz nah. Veronika merkte das nicht nur daran, dass ihre Stimmen näherkamen. Einige Besucher waren so mit dem Tasten von Gegenständen beschäftigt, dass sie keinen Mucks von sich gaben. Ihre Nähe offenbarte sich auf andere Weise. In diesem vollkommenen Dunkel wurden die einzelnen Menschen zu Lichtflecken. Bei Veronika war das zumindest so. Wenn sie sich Kindern näherte, bekam das Dunkel vor ihren Augen einen hellgelben Schimmer. Manche Erwachsene strahlten rote oder violette Farben aus. Deren Nähe fühlte sich gut an. Bei anderen blieb alles dunkel, grau, schwarz oder dunkelblau. Neben ihnen zu sein, war eher unangenehm. Veronika hatte sich an etwa zwanzig Menschen vorbei-

getastet, Alonso war nicht unter ihnen gewesen. Sie war überzeugt, dass sie ihn sofort erkennen würde. An seinem Geruch, an seiner aggressiven Stille, und wahrscheinlich war seine Farbe schwarz wie Pech. Vielleicht hatte er ihr Manöver bereits durchschaut und war schon in Petersens Nähe.
Veronika drängte sich zu Petersens Stimme durch. Der führte die Gruppe in einen neuen Raum. Straßengeräusche drangen auf sie ein. Autolärm, Hupen, Fahrradklingeln.
„So laut", schrie Petersen, „so laut erscheint einem Blinden die Stadt jeden Tag."
Es dauerte noch Minuten, bis Veronika sich zu ihm vorgedrängt hatte. Und jetzt nahm sie auch seine Farbe im Dunkeln wahr. Ein warmes Rot entfaltete sich vor ihr. Seine Ausstrahlung war so angenehm, es war die pure Geborgenheit, die sie an seiner Seite empfand. Sandra musste das vom ersten Moment an gespürt haben, während sich Veronika noch an dem Äußeren des blinden Mannes gestoßen hatte.
Ganz nah bei ihm war etwas Schwarzes, Kantiges. Veronika rückte dichter heran und roch den Schweiß des Kolumbianers. Wieder stand er reglos auf einem Fleck, während die anderen Besucher sich hin und her tasteten. Es schien, als würden sie im Laufe der Führung immer mehr miteinander reden. Veronika tastete sich wieder näher an Petersen heran.
„Ich weiß schon, dass du hier bist", sagte der so laut, dass sich sein Tonfall nicht von seinen Ansagen unter-

schied. „Und ich weiß auch, wen du meinst. Aber wir kriegen das schon hin. Ich geh gleich mit der Kleinen raus."

Veronika streckte ihren Arm aus und konnte mit den Fingerspitzen noch einmal Sandras Rucksack berühren, bevor sich das Mädchen mit Petersen entfernte.

Sie spürte, wie Alonso sich in Bewegung setzte, tastete sich zu ihm durch und hielt seinen Arm fest.

„Piensa, hombre!", fuhr sie ihn an. „Tu quieres matar a un niño." Denk doch mal nach, du willst ein Kind umbringen!

Er blieb stehen. „Que?"

„No tiene sentido mas, lo que haces!", flüsterte Veronika. Es hat keinen Sinn mehr, was du machst.

Etwa dreißig Museumsbesucher, vor allem Kinder, schlurften tastend und schwatzend an ihnen vorbei, der Stimme von Petersen hinterher.

Veronika hielt Alonso noch immer fest. Aus dem Nebenraum hörte sie zum letzten Mal Petersens Stimme. Er erklärte, dass sie am Ende ihres Rundgangs angelangt seien und nun den letzten Raum betreten würden, die Unsicht-Bar, wo man noch etwas trinken könnte.

„Ich mach mich dann schon mal vom Acker", sagte er sehr laut, und sie hörte, wie die Besucher ihm applaudierten. Jetzt ging Sandra mit ihm hinaus. Veronika atmete auf. Hoffentlich waren die Kollegen da.

Sie ließ Alonso los. Jetzt konnten sie auch hinausgehen. Aber Alonso entfernte sich in die Richtung, aus der sie

gekommen waren. Auf die Idee, dass er hier drin bleiben wollte, war sie nicht gekommen. Sie musste ihn irgendwie überreden, nach draußen zu gehen.
„Hör zu", rief sie auf Spanisch ins Dunkel. „Ich verrate dir jetzt was. Wir haben die Akten aus dem Koffer. Wir sind deinem Dr. Brandt auf der Spur. Von dem kriegst du sowieso kein Geld mehr. Du solltest untertauchen, so schnell du kannst, besorg dir einen neuen Pass. Wenn du hier rausgehst, wird dir niemand was tun. Ich bin ganz allein hier mit der Kleinen."
Sie wusste nicht mehr, wo er war, plötzlich spürte sie seinen Arm um ihren Hals.
„No te creo", sagte er. Ich glaub dir kein Wort.
Der Griff um ihren Hals zog sich fester.
„Wenn du eine Polizistin umbringst", keuchte sie, „verbringst du den Rest deines Lebens im Knast."
„Callate, boluda." Halts Maul, blöde Kuh.
Veronika packte seinen Arm und zog ihn über die Schultern. Trainierte Reflexe aus der Polizeischule, das unverwüstliche motorische Gedächtnis. Alonso atmete, irgendwo auf dem Boden. Aber jetzt stand er schon wieder auf. Sie hatte den Macho in ihm gereizt, da brannten wahrscheinlich grad alle Sicherungen durch. Sie wollte weglaufen und stieß gegen die nächste Wand. Eine Hand umfasste ihren Hals. In der andern hat er bestimmt schon den Schlagring, fuhr es Veronika durch den Kopf.
Plötzlich grelles Licht. Veronika kniff die Augen zusammen. Zwei Beamte sprangen an ihr vorbei, war-

fen Alonso zu Boden, Handschellen klickten. Im Türrahmen stand Sven, keine zwei Meter von ihr entfernt erkannte sie seinen Fußballbauch. Der Raum war viel kleiner, als sie ihn sich vorgestellt hatte. Sven kam zu ihr. „Bist du okay?“
Ihr Herz raste, und das Licht blendete schrecklich. Er nahm ihren Arm, um sie nach draußen zu führen.
In der Unsicht-Bar saßen etwa zwanzig Menschen an einer Theke und rieben sich verärgert die Augen.
„Entschuldigung“, rief Sven. „Wir machen das Licht gleich wieder aus.“
Dann öffnete er die Tür zum Foyer.
„Das ist er!“, hörte Veronika ein Mädchen schreien.
„Das ist er!“, schrie Sandra noch einmal. „Der Mann, vor dem Peter weggelaufen ist.“
Es war die schönste Kinderstimme, die Veronika jemals gehört hatte.
Sandra stand neben dem alten Petersen, der sie noch immer an der Hand hielt. Neben den beiden war Gisbert Arning. Die Hände hinterm Rücken verschränkt, der große Bauch blähte seinen Mantel auf. Die Polizisten brachten Alonso zu ihm. Arning sah dem jungen Mann in die Augen.
„Wie viel solltest du dafür kriegen?“, fragte er.
Veronika stellte sich dazu und übersetzte die Frage ihres Chefs.
Der Kolumbianer sah stur an Arning vorbei. Seine schwarzen Locken klebten auf seiner Stirn, seine Lippen zitterten.

„Wie viel!“, fuhr Arning ihn an.
„Cinco mil“, antwortete Alonso. Fünftausend. Und dann fügte er hinzu: „Bei uns bekommt man viel weniger.“
„Bringt ihn weg“, befahl Arning. Und dann ging er selbst mit schweren Schritten hinaus.
Sven blieb bei ihnen. Er bot Sandra und Veronika an, sie zu fahren.
Sie bedankten sich noch einmal bei Herrn Petersen, dann gingen sie zu dritt zu Svens Auto und nahmen Platz wie immer: Sven am Steuer, Sandra auf dem Beifahrersitz, Veronika auf der Rückbank.
Sie waren gerade losgefahren, als Sandra fragte: „Warum, warum kann ich nicht mit euch eine Familie sein?“
„Ach, weißt du, Sandra“, antwortete Sven, „irgendwas im Leben fehlt immer.“
Das Mädchen dachte über seine Worte nach. Dann sagte sie: „Wenn ich erwachsen bin, geb ich mal bessere Antworten.“

Katrin McClean

wurde als Katrin Dorn 1963 in Thüringen geboren. Sie studierte in Leipzig Psychologie und hat danach im freien Kulturbetrieb gearbeitet, wo sie u. a. die Literaturzeitschrift „Edit – Papier für neue Texte“ ins Leben rief. 1996 ging sie als freie Autorin nach Berlin und siedelte 2001 nach Hamburg über. Sie unternahm längere Reisen nach Argentinien und Panama. 2007 heiratete sie den Jazz-Sänger Frank McClean.

Katrin McClean war außerdem an verschiedenen Theaterprojekten beteiligt und gibt Kurse für Kreatives Schreiben an der Hamburger Volkshochschule.

Unter dem Namen Katrin Dorn erschienen bisher vier Bücher, zuletzt der Erzählband „Tangogeschichten“ und der Roman „Milonga“, außerdem zahlreiche Veröffentlichungen in Zeitschriften und im Radio. Sie erhielt u. a. den Schiller-Förderpreis 2000 und den Hamburger Förderpreis für Literatur 2003.

Weitere Informationen finden Sie im Internet unter www.katrindorn.de

Bibliografische Information der Deutschen Bibliothek
Die Deutsche Bibliothek verzeichnet diese Publikation in der Deutschen Nationalbibliografie; detaillierte bibliografische Daten sind im Internet über <http://dnb.ddb.de> abrufbar.

ISBN 978-3-8319-0323-8

2. Auflage 2010

Gestaltung: Büro Brückner + Partner, Bremen
Gesamtherstellung: CPI books GmbH, Leck

Titelbild: Michael Zapf, Hamburg